青鳥

諾貝爾文學獎世界名著

★★★

獨家復刻
1913年初版插畫

成長必讀・名家全譯本

L'Oiseau Bleu

莫里斯・梅特林克 Maurice Maeterlinck
喬治特・盧布朗 Georgette Leblanc 著

黃筱茵 譯

青鳥 *L'Oiseau Bleu*

作者：莫里斯 · 梅特林克（Maurice Maeterlinck）、喬治特 · 盧布朗（Georgette Leblanc）
繪者：賀伯 · 帕斯（Herbert Paus）
譯者：黃筱茵

小樹文化股份有限公司
總編輯：蔡麗真｜副總編輯：謝怡文｜責任編輯：謝怡文
封面設計：周家瑤｜內文排版：劉孟宗｜校對：林昌榮
行銷企劃經理：林麗紅｜行銷企劃：蔡逸萱、李映柔

讀書共和國出版集團
社長：郭重興｜發行人兼出版總監：曾大福
業務平臺總經理：李雪麗｜業務平臺副總經理：李復民
實體通路組：林詩富、陳志峰、郭文弘、王文賓、賴佩瑜
網路暨海外通路組：張鑫峰、林裴瑤、范光杰
特販通路組：陳綺瑩、郭文龍
電子商務組：黃詩芸、李冠穎、林雅卿、高崇哲、吳眉姍
專案企劃組：蔡孟庭、盤惟心
閱讀社群組：黃志堅、羅文浩、盧煒婷
版權部：黃知涵
印務部：江域平、黃禮賢、林文義、李孟儒
發行：遠足文化事業股份有限公司
地址：231 新北市新店區民權路 108-2 號 9 樓
電話：(02) 2218-1417 傳真：(02) 8667-1065
客服專線：0800-221029
電子信箱：service@bookrep.com.tw
郵撥帳號：19504465 遠足文化事業股份有限公司
團體訂購另有優惠，請洽業務部：(02) 2218-1417 分機 1124、1135
法律顧問：華洋法律事務所 蘇文生律師
出版日期：2022 年 4 月 27 日初版

ISBN 978-957-0487-90-9（平裝）
ISBN 978-957-0487-91-6（EPUB）
ISBN 978-957-0487-92-3（PDF）

First Published in 1913 in English under the title *The Blue Bird for Children* (Franch title *L'Oiseau bleu*)
文學特輯照片 ©Wikimedia Commons

國家圖書館出版品預行編目 (CIP) 資料

青鳥：諾貝爾文學獎世界名著【成長必讀・名家全譯本】(獨家復刻 1913 年初版插畫) ／莫里斯・梅特林克 (Maurice Maeterlinck)，喬治特・盧布朗 (Georgette Leblanc) 著；黃筱茵 譯・初版・新北市：小樹文化股份有限公司 出版；遠足文化事業股份有限公司發行，2022.04
224 面；14.8×19.5 公分・
譯自：L'Oiseau bleu.
ISBN 978-957-0487-90-9（平裝）
881.7596　　111004962

線上讀者回函　　小樹文化官網

推薦序

《青鳥》展現了孩子對生命的好奇、啟動了內在心魂的活力

文／徐明佑（華德福資深教師）

由一九一一年諾貝爾文學獎得主——莫里斯．梅特林克所撰寫的經典兒童文學《青鳥》，描述著用充滿創意的心靈之眼，詮釋物質世界之眼所見的生活世界。而只有兒童時期的赤子之心，才能使用不帶標籤與定義的

童真之眼，學會辨識生活中，人與動物細微行為特徵背後所代表的心靈意涵。對孩子來說，這樣的觀察所見，就像充滿色彩與光芒的流動世界，有感受良善與溫暖時敞開的心靈擁抱，卻也有在面對黑暗與不安時升起的驚嚇與惶恐！

孩子生活周遭的大人，在成長過程中便關閉了對於這個世界的好奇之心，隨後開始熱切追求世俗的物質，並因為忘失童年而讓孩子感受到他們是無趣的人。在無趣大人的身邊，孩子的內心深處是孤獨的，孩子們的潛意識對於這個世界與社會的萬千現象，有著無限創意的詮釋，得要透過孩子充滿色彩的直覺畫作，才有機會讓保有好奇心的大人看見心靈的繽紛光彩可能是怎麼一回事。

而孩子要能夠用語言表述內在繽紛光彩的心靈世界，需要優質的學習典範。透過文學的藝術性描繪，讓他們內在產生深刻的共鳴，藉由如水晶般璀璨的文字，讓孩子在閱讀與朗誦中，跟隨作者的敘說引領，就能獲得將心中圖像轉化為自身思想的能力；而一幕幕展頁的故事篇章，如同盛開的花瓣，此時各種花朵的種子，也植入了孩子的心田，讓他們透過閱讀所

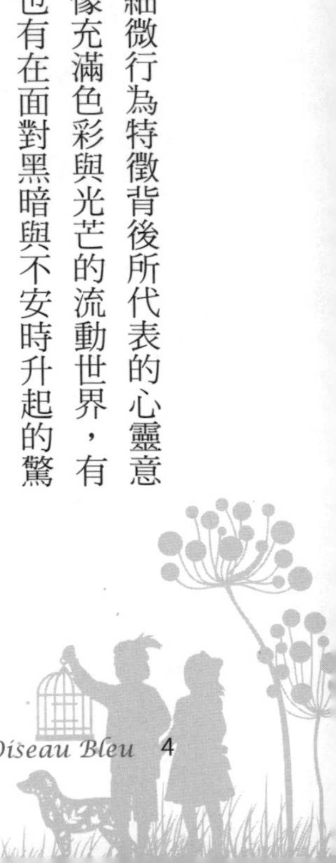

學習到的概念，呈顯不斷遞嬗蛻變的生命力。這樣的生命力能跟孩子的身心一起成長，讓他們在不同的發展階段中開出思想之花、結出智慧之果。

《青鳥》中有著各種吸引孩子的象徵圖像，例如：戴在頭上，有著魔法鑽石的帽子，代表著擁有無限可能的童年思想，而鑽石是面對事實的勇氣，呼應著耶穌所說：「要能進入天國之門，必須成為孩子。」書中描述男孩戴上了帽子，老仙子變成年輕的公主，而我們似乎得要經過各種成長的淬鍊，才有機會在年老之時，透過打開的智慧之眼，看見邁入年老的自己與他人的生命靈魂中，活著朝氣蓬勃的公主與王子，並且了悟自己真摯走過英雄的旅程，而在未來之時，即將用那年輕公主與王子的靈魂姿態，再走進一次全新的人生！

為什麼我會寫出上面的論述呢？因為我有一位愛說故事的爺爺，總說故事就像一捲巨大的毛線球，只要拉出了線頭，就好像永無止境。活到九十五歲的他，為我的人生播下許多智慧的種子，藏在他為我訴說，許多荒誕不經的童話故事中。即使是鳥兒餵雛鳥吃蟲，都能觸動他對母親的思念；或是在珠光寶氣的龍宮中探險，在如同南柯一夢的醒覺後，才能辨識出摩尼珍寶所象徵的智慧，才是生命永恆的擁有。

所以我知道在往後回憶人生時，那些曾經面臨的順遂與阻礙、真誠與虛偽，那些被定義為善人與惡人的過客，他們將栩栩如生的重現在回溯時光的生命舞台上，上演著《青鳥》故事中忠實的狗與心懷不軌的貓，還有陪伴一生的智慧——光女士。當然，幽默風趣的糖果先生也是不可或缺的！

您準備好追尋青鳥的生命旅程了嗎？如果您願意和孩子一起閱讀這本書，透過想像力與創造力的引領，讓自己固著如冰的現實思想，再次融化為靈性之泉，隨著如日光與月光般動人的故事脈絡，讓晶瑩透亮的水流，在閱讀的時空之旅中，映照屬於想像力的文學大千世界；在停下思索的靜定的澄明中，如仙子般擁有照見生命本初天地良心的能力；只要您揮舞魔杖，就能共感於故事中各種角色面對人情世故時的真情流露，領悟生命的無生與無死，讓愛的思念貫穿靈魂生命的過去與未來。

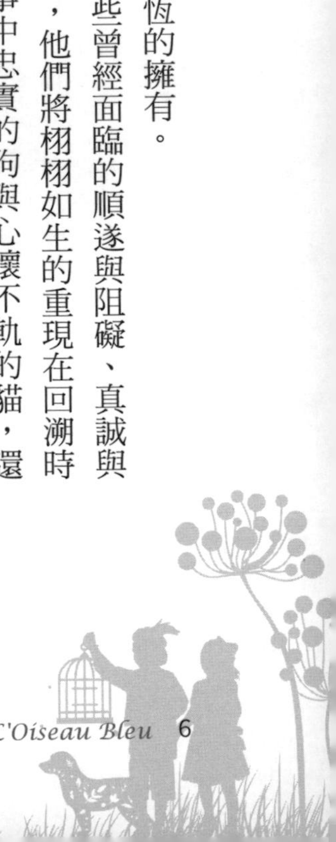

聽！這是你的靈魂來到地球之前，母親為你唱的歡迎之歌～

看！那是詩人與文學家為你的地球之旅所編織的彩光之網～

當您開始行動與體驗，透過為人付出，幸福就會向您走進，由心所放射出的療癒之光將化為飛翔的青鳥，成為獻給這個世界的珍貴禮物。

推薦序

閱讀《青鳥》，閱讀幸福

文／葛琦霞（悅讀學堂執行長）

《青鳥》是個經典的童話故事，由比利時作家莫里斯．梅特林克所著，在一九〇八年完成後，當年就由俄國知名戲劇家史坦尼斯拉夫斯基（Konstantin Sergeyevich Stanislavski, 1863—1938）搬上舞台，是很受歡迎的六幕夢幻童話劇。不論人物特性、故事情節、表現方式，都是非讀不可的經典之作。

這麼有名的作品，吸引人的原因很多。在閱讀的時候，不妨從以下幾點欣賞：

一、充滿想像力的故事

《青鳥》的故事描述樵夫孩子迪迪和小梅，在聖誕夜受仙子之託，為鄰家生病的女孩尋找青鳥的經歷。他們去了思念之國、夜之宮殿、未來王國、光之宮殿、墓園與森林尋找青鳥，但是他們找到的青鳥，不是改變了顏色，就是死掉。最後他們回到家，發現自己家的鴿子就是青鳥。迪迪把牠送給鄰家女孩，治好了女孩的病，但青鳥也飛走了。

整個故事以「追尋」為主軸，創造了許多生動的角色，比如麵包先生、牛奶小姐、火先生、水小姐、糖果先生、貓咪蒂蒂與狗兒羅羅。背景也在追尋中不斷轉換，比如「思念之國」，過世的爺爺和奶奶感受到親人的思念就能動起來；「未來王國」裡有好多沒被生下來的孩子，等待時間老人帶他們出生。在一百多年前，梅特林克就以驚人的想像力創造這個經典故事，難怪被譽為比利時的莎士比亞。

二、具戲劇特色的表現方式

由於《青鳥》最早以戲劇方式呈現，因此每個人物的出場與彼此之間的互動極具戲劇效果。比如聖誕夜魔法施展後，「時辰舞者與麵包一起跳華爾滋，盤子們也加入歡樂的嬉戲」。是不是很像芭蕾舞劇《胡桃鉗》？在追尋路程中，場景不斷變化，讀者彷彿看到穿著戲服的人物一一出現在眼前，有的舞姿曼妙，有的走路滑稽，具有強大戲劇性。

除此之外，擬人化的人物除了保有自己獨特的「物性」，同時具體寫出了他們鮮明的「人性」，比如狡猾的貓咪蒂蒂、忠心耿耿的小狗羅羅，在小兄妹尋找青鳥的過程中產生矛盾衝突，更表現「自私」與「無私」的對比。

三、深厚的象徵意義

作者以象徵手法將人生之路融入在故事中。比如光女士在最初就點出「青鳥代表幸福」，而且是「環繞在身邊的幸福」，只有透過追尋，兩兄妹才能擴展視野，並且表現勇氣與堅毅的耐力，以新觀點看原來的世界，進而發現身邊的幸福。在「未來王國」，未出生的孩子不懂金錢，但對自己未來要做的事情都很熱切清楚。在「光之宮殿」，兩兄妹在光女士的帶領下，經過「有錢人的光芒」，「那種光芒根本容不下柔和善良的光芒」。這樣的象徵意義處處可見，也是作者梅特林克的風格，他從兒童的角度描寫了人與動植物、自然與社會現象，使小讀者在閱讀之餘，對於精神上的意義與生活可見的事物產生連結，也是這個故事歷久不衰的原因。

《青鳥》是個值得在人生不同階段重複閱讀的故事。兒童時期會被其戲劇化與張力吸引；青少年時期會像小兄妹追尋青鳥的歷程般追尋幸福；及至成年階段，才會體會「幸福就在身邊」的含義，讓我們了解——透過追尋之路，淬煉我們的心智、改變我們的觀點，才會珍惜我們現在所擁有的幸福。這是青鳥，這是閱讀的幸福。

譯者導讀

你也看見幸福清澈的光芒了嗎？

文／黃筱茵（兒童文學工作者）

我們這一生到底在追求什麼？文學作品試著用各式各樣的角度探討這個龐大的議題：情感、家庭、社會階級、想像力與藝術創造……人們奮力追求，時而狂喜、時而失落。在這琳瑯滿目的側寫中，《青鳥》宛如拂面而來的一縷清新微風，帶領讀者們看見幸福最真切誠摯的面貌。故事中的一對小兄妹歷經千迴百轉的波折與艱辛後終於明白：**原來幸福始終就在我們每個人身邊，端看你有沒有睜開雙眼觀察、用心去貼近並感受眼前的事物。**世界上大部分的人其實都渾渾噩噩，任由時間流逝，對俯拾即是的感動與美好不屑一顧，或者渾然不覺。《青鳥》這部精心打造的人生劇場，讓大大小小的讀者都體會到：我們正踏上無比奇妙的旅程，你也有機會悉心收藏五彩繽紛的所見所聞，而且生命中的每一刻都是珍寶，只要你……敞開你的心扉，對生命說：「是的，我知道自己有多麼幸運。」

《青鳥》最初是以童話劇的形式呈現。比利時象徵主義詩人暨劇作家梅特林克於一九〇九年發表這齣童話劇，一九一一年在法國巴黎上演後，旋即造成轟動。劇裡藉由迪迪和小梅這對兄妹夢一般的神奇旅行，編織出一段段令人驚嘆的奇遇。作者在劇中設計了眾多饒富特色的角色：除了純真勇敢的迪迪與善良的小梅以外，還有仙子魔杖一揮，就被賦予生命的各種物品與動物。

舞台劇著重突出的視覺效果，因此故事裡每個角色各有形象鮮明的裝扮，這些裝扮也各自具有不同的象徵意涵，讓角色的性格活靈活現的在觀

眾面前甦醒。這部劇本採用擬人化的手法，以及充滿新意的聲光影效果，因此成為戲劇史獨具盛名的經典之作，至今仍在世界各地上演。後來梅特林克的情人為了讓更多兒童閱讀這則故事，經作者同意，將劇本改寫為散文童話。《青鳥》日後並被翻譯為各國語言，成為童話史上歷久彌新最令人喜愛的故事之一。

故事中的每一段旅程，都象徵著作者對生命意義的探問

《青鳥》以小兄妹的追尋，串起作者對生命意義根本的探問。故事發生在聖誕夜，家境清寒的迪迪和小梅望著對面富有人家屋裡光鮮亮麗的裝飾與熱鬧的慶祝，想像著自己也吃著美味蛋糕、置身在美輪美奐的環境裡過節。突然造訪的仙子打斷孩子們的想像遊戲，訴說著自己的女兒病了，需要兩兄妹的協助，找回代表幸福的青鳥……這項邀約，開啟了孩子們魔幻又奇妙的旅程，讓他倆一路造訪仙子的宮殿、思念之國、夜之宮殿、未來王國、光之宮殿，還克服恐懼經過了墓園和驚險不已的森林，一次又一

次承受著盼望與失望，卻不氣餒的繼續他們尋找青鳥的使命。

孩子們經過的每個地點當然各具不同象徵意義，也代表人生而在世必須思考與經驗的各種挑戰。他們在思念之國學會只要繼續想念，逝者就不會真的離我們而去，因為他們將永遠在我們心上占有一席之地。他們在夜之宮殿看見一連串令人心驚的存在：疾病、鬼魂、恐懼、戰爭……即使這個世界始終存在著這麼多沉重的悲劇，卻絲毫不妨礙人們想要追求幸福的想望。未來王國裡有數不清的藍色小孩，這些小孩各自按照時間的安排，將來某一天會降生在地球……

《青鳥》的篇幅不算太長，不過讀著讀著，你一定會折服於作者遨遊天際的想像力以及對存在各種面向深邃的思考。

迪迪與小梅在旅途中更進一步認識的物品與動物也非常令人驚奇。忠心耿耿的狗兒羅羅、滿肚子計謀的貓咪蒂蒂、集智慧與神聖於一身的光女士、胖墩墩的麵包先生……每個角色都充滿了個人特色，讓你一邊閱讀時，忍不住端詳起自己身旁的各種東西，想看見這種種事物外表下潛藏的奇妙靈魂啊！

《青鳥》，讓我們看見盤桓在身邊的幸福

就算是之前沒讀過這部作品的讀者，八成也聽說過「青鳥」代表的意義——幸福。這當然是作者牽著我們看遍故事中不同國度的風景後，要每位讀者都努力思辨的關鍵：到底什麼才是幸福？為什麼迪迪和小梅在旅程中一次又一次的找到青鳥，又失去青鳥呢？迪迪在這趟旅程前後經歷了很大的轉變，從充滿勇氣的男孩，成長為能設身處地為他人著想，並且細心看見身旁林林總總幸福的美好男孩。在迪迪蛻變後，原本平凡的一切都搖身變成他眼裡的珍寶與散發美麗善意的璀璨存在。閱讀與翻譯《青鳥》時，我感覺得到自己的心一直變換著各種綺麗的繽紛色彩，我一會兒想哭，一會兒想笑，我知道那是因為幸福就在身邊盤桓……我們多麼幸福啊，能跟著一本書的旅程，感受與察覺生命裡如此細緻幽微的一切。

文學特輯

青鳥——幸福不在遠方，而在我們對他人的愛與付出

文／小樹文化編輯部

每翻閱一次《青鳥》，那寶藍色的鳥兒彷彿在書頁裡飛翔，帶我們從舊的故事領略出新的意會。

《青鳥》原本是一齣夢幻舞台劇，在沒有電視、手機、電腦娛樂的時代，當時歐洲人最主要的休閒活動，便是在假日夜晚，與親朋好友到劇院看戲。

為什麼這樣一齣戲劇，能成為當時劇院裡最轟動的演出？而又是為什

麼，這個故事能在百年後依舊成為經典，被一代又一代的孩子拿在手上，讓故事進入孩子的內心，讓「青鳥」成為了「幸福」的象徵？

是誰創作了《青鳥》？

一九〇八年，《青鳥》首次在莫斯科「藝術劇場」（Artistic Theatre）演出，而當《青鳥》一九一一年於巴黎「荷珍劇院」（Théâtre Réjane，現為巴黎劇院）上演時，隨即在法國造成轟動。而這齣戲劇的誕生，來自比利時劇作家莫里斯．梅特林克（Maurice Maeterlinck, 1862 － 1949）。

一八六二年，梅特林克出生於比利時根特地區（Gand）的法語家庭。梅特林克是家中最年長的孩子，從小就愛好文學，然而他並不是一開始便立志成為劇作家，而是先在大學完成了法律相關學業，並且短暫的擔任律師一職。一八八五年時，梅特林克參加了剛在法國、比利時興起的「象徵

1913 年出版的兒童版《青鳥》。

莫里斯・梅特林克。

梅特林克親筆簽名。

主義」[1]運動，這樣的經歷影響了梅特林克的哲思，也開啟了他對寫作的興趣。梅特林克筆下的故事經常運用象徵手法，探討他如何看待「生命」與「死亡」。而《青鳥》，也成為了「幸福」的象徵。

一九〇八年，梅特林克完成了《青鳥》的劇本，並首度在莫斯科上演。儘管沒有華麗炫目的現代科技，這個「尋找幸福」的故事，卻吸引了大家的目光。而當《青鳥》一九一一年首次在法國演出

莫里斯．梅特林克與喬治特．盧布朗。

1　運用隱喻，傳達主觀的意念、情感與詩境般的想像。

喬治特‧盧布朗演出《抹大拉的馬利亞》（上）及《莫娜‧范那》（下）。

時，這個美麗而又帶著哲理的夢幻劇，幾乎讓全法國人為之瘋狂。而正是在這一年，梅特林克獲得了諾貝爾文學獎殊榮，其豐富的想像力與創作力，也讓他被世人譽為「比利時的莎士比亞」。

然而，《青鳥》這齣戲劇為什麼會變成大家耳熟能詳的兒童故事呢？這就要談起梅特林克的情人——法國女演員喬治特·盧布朗（Georgette Leblanc, 1869 – 1941）了。

一八九五年，梅特林克在比利時布魯塞爾（Bruxelles）遇見了喬治特·盧布朗。這位法國女演員，其實也是法國暢銷經典小說《亞森羅蘋》（*Arsène Lupin*）作者莫里斯·盧布朗（Maurice Leblanc, 1864 – 1941）的妹妹。梅特林克與喬治特·盧布朗相識、相戀，他們一起度過了二十三年的時光，互相扶持。在這段戀情期間，梅特林克以盧布朗為主角，寫下許多知名的劇本；而盧布朗也經常出演梅特林克的戲劇作品，其中最知名的，便是《抹大拉的馬利亞》（*Marie Magdeleine*）以及《莫娜·范那》（*Monna Vanna*）。

而在《青鳥》風靡全球之際，為了讓兒童也能從閱讀中了解這個迷人的故事，盧布朗改寫了《青鳥》劇本，成為了現今大家所熟知的兒童故事。

《青鳥》於巴黎荷珍劇院演出時的宣傳海報。

而本書，便是譯自盧布朗為兒童改寫的版本。

為什麼「青鳥」象徵著「幸福」？

自梅特林克的《青鳥》首演以來，「青鳥」幾乎成為了「幸福」的代名詞。在故事中，主角迪迪與小梅出發去尋找「青鳥」，其實是貝麗呂仙女給他們的一場試煉，為了讓兩個小主角看見——雖然他們的生活並不富裕，但是幸福並不是漂亮的衣裳與華麗的屋子，而是他們所付出的關懷、愛，以及悲天憫人的博愛。幸福其實早就掌握在孩子們的手裡，只是他們在俗世的眼看不見這道光芒，也因此，仙女賦予他們尋找「青鳥」的目的，其實就是讓他們看見「幸福」真正的樣貌。

除了「青鳥與幸福」之間的象徵，如同梅特林克的其他作品，《青鳥》也闡述了他對於「生命」以及「死亡」的意義——在「思念之國」，我們將了解「逝去的人將永遠活在我們的心中」；在「未來王國」，我們會看見「每個生命都有誕生的意義」；在「森林」這一幕，動植物有了發聲的

2

1

4

3

6

5

7

《青鳥》於莫斯科藝術
劇場演出時的劇照：

1. 迪迪與小梅
2. 貝麗呂仙子
3. 火先生
4. 糖果先生與小梅
5. 貓咪蒂蒂
6. 思念之國的爺爺與奶奶
7. 牛奶小姐

權利，控訴人類曾經傷害過它們的生命……《青鳥》告訴我們的不僅僅是「追尋幸福」，每一個場景都在傳達梅特林克對於死亡、生命、自然的關懷與哲思。

《青鳥》首次上映的情景

在沒有特效的年代，要演出《青鳥》這齣富含幻想的夢幻劇並不容易。然而，我們可以從莫斯科藝術劇場所留下的珍貴照片，看見當時的導演、演員，以及所有劇團的工作人員，如何運用服裝巧思，展現出這些角色的特性。例如：扮演貓咪蒂蒂的演員，那如同貓咪毛髮般的頭髮與鬍鬚；扮演牛奶小姐的演員，運用長長的布料營造出牛奶的流動感……

《青鳥》將帶給孩子什麼樣的奇幻之旅

《青鳥》不僅僅是一部充滿著想像力的故事，當我們在人生不同階段打開這本書時，都會獲得新的啟發與想像。莫里斯・梅特林克所創作出的《青鳥》，讓觀眾、讓讀者可以從主角迪迪與小梅的故事，映照到我們自身的生活環境。我們都想要獲得「幸福」，而我們終其一生都在追尋著「幸福」，然而每一個人對於「幸福」的定義都不相同，在絢麗的都市生活當中，我們常常被華麗的外在所吸引，忽略了「幸福」真正的樣貌——愛、付出、關懷。而梅特林克之所以創作出《青鳥》，或許正是在呼喚人們回頭看看，其實幸福就在我們的身邊。

角色介紹

迪迪

我們故事裡的小英雄迪迪十歲，他有著一頭捲捲的黑髮、黑色的眼睛，身材結實又挺拔、臉上總是帶著笑容，是一個勇敢、心地光明磊落的孩子。

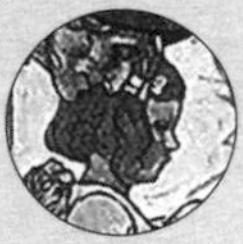

小梅

故事裡的小女英雄，也是迪迪的妹妹。小梅甜美又漂亮，有著羞澀的藍眼睛。小梅總是穿著媽媽縫補過的、整整齊齊的連衣裙，雖然她很膽小、容易掉眼淚，但是非常的溫柔善良，她勇敢的陪著哥哥迪迪出發去尋找青鳥。

樵夫夫婦

樵夫夫婦是迪迪與小梅的爸爸與媽媽，樵夫一家人住在古老森林邊緣一間簡陋的小屋子裡。雖然他們相當窮苦，但生活卻很幸福。

貝林戈女士與她的小女兒

樵夫家的鄰居。貝林戈女士的個子嬌小、彎著腰、駝著背，還有一個醜醜的鼻子，但是貝林戈女士很好心，大家也喜歡到她開的店走動。然而貝林戈女士美麗的小女兒身體不好，必須躺在床上休息。

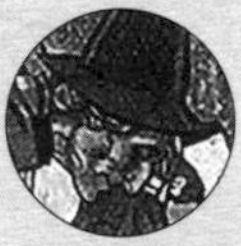

貝麗呂仙子

有著神祕法力的貝麗呂仙子長得非常像鄰居貝林戈女士。她在聖誕夜來到迪迪與小梅的房間，給了迪迪一頂裝飾著魔法鑽石的帽子，並且幫助他們出發去尋找青鳥。

狗狗羅羅

忠心又勇敢的羅羅是迪迪與小梅最好的朋友、夥伴。雖然因為魔法，羅羅可以像人類一樣用雙腳站立、開口說話，但是依然保有單純天真的個性，也依舊嫉妒著貓咪蒂蒂受到小主人很大的關注。

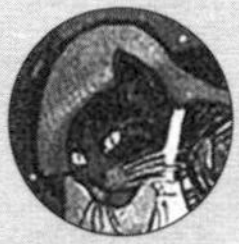

貓咪蒂蒂

貓咪蒂蒂有著彷彿鑲嵌著黃寶石的祖母綠眼睛、如黑絲絨般的皮毛，姿態優雅又莊嚴。但是，當貓咪蒂蒂因為魔法化作人形時，卻擔心自己會在旅程結束時死去，因此不斷阻止迪迪與小梅找到青鳥。

光女士

優雅的光女士在迪迪與小梅尋找青鳥的路途中，不斷指引他們前進的方向，是一位充滿智慧而又溫柔的引導者。

水小姐

水小姐有著輕柔甜美如泉水漣漪的歌聲，她有著過膝的美麗頭髮、穿著優美的長洋裝，不過水小姐與火先生是死對頭，不曉得在尋找青鳥的旅途中，他們能不能和平相處呢？

火先生

火先生有著發亮的鼻子，臉永遠都像燒得火紅的煤炭。火先生的脾氣並不好，也經常跟其他人吵架，尤其是他最討厭的水小姐。

麵包先生

胖嘟嘟的麵包先生有著鼓鼓的臉頰、粗粗的手臂，還有又大又圓的肚子。在出發去尋找青鳥的過程中，麵包先生負責提裝青鳥的籠子。

糖果先生

糖果先生有著長長的手臂、彷彿沒完沒了的長腿，他的口袋裡放滿了糖果，每一根手指頭都是棒棒糖。聽到這裡，你是不是也希望有一位糖果朋友呢？

目錄

讓我們一起進入，

青鳥的奇幻想像世界。

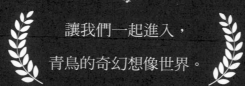

1 樵夫的小屋

從前從前，在一座又大又古老的森林邊緣，有位樵夫和他的太太一起住在一間小屋裡。這對夫婦有兩個可愛的小孩，他們經歷了一場非常神奇的冒險。

不過，在我告訴你他們的故事以前，我得先跟你們描述一下這兩個孩子，這樣你才知道他們的個性是怎麼樣的。要不是他們這麼好心、這麼勇敢、膽子這麼大，你接下來要聽的這個故事根本就不會發生呢。

迪迪——也就是我們故事裡的英雄——十歲；而他的小妹妹小梅嘛，只有六歲。

迪迪這個小傢伙長得又高又好看，結實又挺拔，有著一坨一坨的黑色鬈髮，也很喜歡打打鬧鬧。大家都很喜歡迪迪，因為他的臉總是帶著微笑，一副好脾氣的模樣，眼裡又閃爍著慧黠的光芒；不過，最棒的是，他真是一個勇敢又天不怕，地不怕的小小人兒，心地光明又磊落。清晨時分，迪迪會跟在爸爸（也就是樵夫）身邊，沿著森林小徑行走。雖然迪迪的衣服破破爛爛的，但是他看起來是這麼自信又有風度，你會覺得地面與天空中所有美麗的事物，似乎都等著對他微笑呢。

迪迪的小妹妹跟他很不一樣，她總是穿著媽媽幫她縫補得整整齊齊的連衣裙，看起來非常甜美又漂亮。迪迪的眼睛是黑色的，而小梅則有一雙羞澀的藍色大眼睛，宛如原野上的勿忘我一般湛藍。任何事情都可以嚇到小梅，就連一件小小的事都可以讓她掉眼淚。不過，小梅幼小的心靈非常溫柔、充滿了愛，並且全心全意為哥哥付出，根本不可能不理迪迪，也毫不猶豫的陪他踏上漫長又危險的旅程。

接下來，我要告訴你們發生了什麼事，看看我們的小英雄和小女英雄是怎樣在夜裡出發，走向外面的世界去尋找幸福。

樵夫的小屋是鄉間裡最簡陋的一間小屋，這間屋子對面矗立著一幢富麗堂皇的華屋，使小屋相形之下更顯破舊。你可以從小屋的窗戶看見對面的廳堂裡發生的動靜，特別是在夜裡，當他們點亮了餐廳和起居室的燈光時。白天，你可以看見孩子們在陽台和花園裡玩耍，也可以看見那棟人們總是大老遠從鎮上前來參觀、滿是珍奇花朵的溫室。

這是個不太尋常的夜晚，因為今天是聖誕夜。媽媽帶她的小寶貝們上床睡覺，還給了他們比平時更慈愛的親吻。媽媽有點難過，因為爸爸沒辦法在暴風雨來臨的時刻到森林裡工作，她也就沒有錢可以買禮物放進迪迪和小梅的聖誕襪裡。孩子們很快就睡著了，一切安詳又寧靜。萬籟俱寂，只聽得見貓咪發出的呼嚕聲、狗兒的鼾聲，還有曾祖父的時鐘滴答滴答走的聲音。不過，突然有一道如同白晝般明亮的光從窗簾穿透進屋裡，桌上的檯燈突然亮了，吵醒了兩個孩子。他們打了一個呵欠、揉揉眼睛，並且在床上伸展雙臂，然後迪迪小心翼翼的喊著：

「小梅？」
「迪迪，怎麼了？」
「妳睡著了嗎？」
「那你睡著了嗎？」
「沒有啊，」迪迪說，「我正在跟妳說話，怎麼可能睡著啦？」
「現在是聖誕節了嗎？」妹妹問。
「還不是，明天才是，只是聖誕老公公今年不會送禮物給我們了。」
「為什麼？」
「媽媽說她沒辦法到鎮上去通知他，不過他明年會來。」
「明年還要很久嗎？」
「要等滿久的喔，」男孩說，「不過今天晚上，他會去看那些有錢人家的小孩。」
「真的嗎？」
「噢！」迪迪突然喊道，「媽媽忘了吹熄油燈了……我想到了一個主意！」

「什麼主意？」

「我們起床吧！」

「可是我們不能起床耶！」小梅說，她總是牢牢記住媽媽說過的話。

「為什麼，這裡又沒有其他人！妳看到窗簾了嗎？」

「噢，窗簾好亮喔！」

「那是派對的燈光。」迪迪說。

「什麼派對？」

「對面有錢小孩家的派對啊！那是聖誕樹。我們打開窗簾吧……」

「我們可以打開窗簾嗎？」小梅膽怯的問。

「我們當然可以打開窗簾啊，又沒有人說不行……妳有聽到音樂嗎？我們起床吧！」

兩個孩子跳下床、跑到窗邊，接著爬上凳子，然後把窗簾拉開。明亮的燈光照進房子裡，孩子們一臉渴望的往外看：

「我們可以看見所有東西耶！」迪迪說。

「我看不到！」可憐的小梅說，她根本找不到地方站好。

「下雪了！」迪迪說，「有兩台馬車，每台馬車都由六匹馬來拉車！」
「有十二個小男孩出來了！」小梅說，她正用盡全力往窗外看。
「別傻了！她們是小女孩啦……」
「可是他們穿了燈籠褲耶……」
「安靜一點嘛！快看！」
「那些金色的東西是什麼呀，樹枝上掛的那些？」
「嘿，當然是玩具啊！」迪迪說，「有劍、槍、士兵，還有大砲……」
「桌上那一大堆東西呢？」
「蛋糕、水果和奶油餡餅呀。」
「噢，那些小孩好漂亮喔！」小梅拍手喊著。
「他們一直在笑耶！」迪迪回答。
「還有好小的小朋友在跳舞！」
「對呀，對呀，我們也來跳舞吧！」迪迪大喊。
於是兩個孩子就開始在凳子上開心的跺腳。
「噢，真好玩！」小梅說。

「他們拿到蛋糕了耶！」迪迪喊著，「他們可以碰那些蛋糕欸……他們在吃了，他們在吃了！噢，真是太棒了，真是太棒了呀！」

小梅數了數自己想像出來的蛋糕……

「我有十二塊！」

「我的蛋糕是十二塊的四倍！」迪迪說，「不過我會分妳一些蛋糕……」

我們這兩位小朋友開心的跳舞，又是大笑、又是尖叫，為了其他小孩的幸福感到雀躍，幾乎忘了自己的貧困與匱乏。不過，他們很快就能得到回報。突然間，傳來了響亮的敲門聲，孩子們嚇得停止了喧鬧，一動也不敢動。只見大大的木門栓提了起來，還發出很大的嘎吱聲。門緩緩打開，一位矮小的老婦人鑽了進來。她穿著一身綠色衣服，頭上罩著紅斗篷；她駝著背、拄著拐杖，踏著一瘸一瘸的步伐；她只有一隻眼睛是好的，鼻子幾乎要碰到下巴了，她肯定是一位仙子。

老婦人步履蹣跚的走向孩子們，帶著鼻音問：

「你們這裡有沒有會唱歌的草？或是藍色的鳥兒？」

「我們有一些草，」迪迪全身顫抖著回答，「可是我們的草不會唱歌……」

「迪迪有一隻鳥。」小梅說。

「可是我不能把牠送人，因為牠是我的鳥。」小傢伙很快的這樣說。

那是一個正正當當的理由，不是嗎？

仙子戴上她的大圓眼鏡，看著鳥兒。

「牠不夠藍，」仙子大聲說，「我一定要得到青鳥。我的小女兒需要青鳥，她病得很重……你們知道青鳥代表什麼嗎？不知道？我也覺得你們不知道……因為你們是好孩子，所以我就告訴你們吧。」

仙子舉起彎彎曲曲的手指，放到又長又尖的鼻子旁，並且用神祕的語調輕聲說：「青鳥代表幸福。你們要知道，我的小女兒需要快樂才有辦法痊癒，所以現在我下令：你們必須到外面的世界去幫她找到青鳥。你們必須立刻動身出發……你們知道我是誰嗎？」

孩子們互相交換了一個疑惑的眼神。事實上，他們這輩子從來沒見過仙子，所以有點怕她。儘管如此，迪迪很快就客氣的說：

「妳很像我們的鄰居……貝林戈夫人。」

迪迪心想：他這樣說是在稱讚仙子，因為大家都很喜歡貝林戈夫人的店。那間店就緊鄰著他們的小屋，店裡很舒適，堆滿了甜食、彈珠、巧克力雪茄，還有糖果做的娃娃和母雞；舉辦市集活動時，店裡還會有很大的薑餅娃娃，全身覆滿鑲著金邊的紙。貝林戈夫人的鼻子就跟這位仙子的鼻子一樣醜，而且她也一樣老，此外，她走路時也跟仙子一樣彎著腰、駝著背。不過，貝林戈夫人很好心，她還有個小女兒，以前常常在星期天和樵夫家的孩子們一起玩。不幸的是，這個美麗的小女孩一直因為不明原因臥病在床。以前，小女孩常常懇求迪迪，讓她跟迪迪的鴿子玩，可是迪迪實在是太喜歡自己的鳥兒了，不願意把小鳥送給女孩。小男孩覺得，這些事跟仙子告訴他的情況實在太像了，所以才會說她是貝林戈夫人。

不過，讓他很驚訝的是：仙子竟然憤怒得滿臉通紅。她一點也不喜歡像任何人，因為她是仙子，可以隨心所欲不斷改變外貌。那天晚上，她剛好變得又醜又老又駝背，還少了一隻眼睛，兩縷彎彎的灰髮垂在肩膀上。

「我看起來怎麼樣？」她問迪迪，「我漂亮嗎？還是很醜？你覺得我

很老？還是很年輕？」

仙子問這些問題，是想測試這個小男孩是否善良。迪迪別過頭，不敢說出他對仙子外貌的看法。

仙子大喊：「我是貝麗呂仙子！」

「噢，原來如此！」迪迪回答，這時候他開始全身發抖。這讓仙子很高興。

孩子們還穿著睡衣，因此仙子叫他們去換衣服。而她也一邊幫小梅穿衣，一邊問：「你們的爸爸媽媽在哪裡？」

「他們在那邊，」迪迪指著右邊那扇門說，「他們在睡覺。」

「那你們的爺爺奶奶呢？」

「他們已經過世了……」

「那你們的兄弟姊妹呢？你們有兄弟姊妹嗎？」

「噢，有啊，我們有三個弟弟！」迪迪說。

「還有四個妹妹。」小梅也說。

「那他們在哪裡？」仙子問。

仙子幫小梅穿衣服。

「他們也死了。」迪迪說。
「你們想再見到他們嗎？」
「噢，想呀！現在啦！現在啦！讓我們看他們嘛！」
「沒辦法現在啦，」仙子說，「不過你們很幸運，你們可以在路過『思念之國』的時候見到他們……在你們去找青鳥的途中會經過，過了第三個路口，就在左手邊……剛才我敲門的時候，你們在做什麼？」
「我們在玩吃蛋糕遊戲。」迪迪說。
「你們有蛋糕嗎？蛋糕在哪裡？」
「在有錢小孩家啊……快來看，很棒唷！」
迪迪把仙子拉到窗邊。
「可是，在吃蛋糕的是別人欸！」她說。
「對呀，可是我們可以看見他們在吃蛋糕。」迪迪說。
「你不會對他們感到生氣嗎？」
「為什麼要生氣？」
「因為他們把蛋糕都吃掉啦，我覺得他們不把蛋糕分給你們真的很不應該。」

「一點也不會啊，他們家很有錢耶！我是說，那裡很美，對吧？」

「這裡也一樣美，只是你看不見而已……」

「我看得見啊，」迪迪說，「我的視力很好，我看得見教堂時鐘上顯示的時間，爸爸就看不見！」

仙子突然火冒三丈。

「我就說你看不見了！」她說。

然後她就愈來愈生氣，彷彿看不看得見教堂時鐘上顯示的時間，是世界上最重要的事情！

當然，小男孩的眼睛並不瞎，只是因為他很好心，理應享受快樂，而仙子想教他看見所有事物中的善良與美好。這個任務並不簡單，仙子明白大部分的人直到死去，可能都無法欣賞始終環繞在他們身旁的幸福。不過仙子是萬能的，所以她決定給小男孩一頂帽子，帽子上裝飾著魔法鑽石。鑽石永遠都會對男孩揭露事實，幫助小男孩看見事物的內在，教導他萬事萬物都有各自的生命，而且明白這些事物之所以被創造出來，是為了讓我們的生命變得更加愉悅。

仙子從她揹在側面的大袋子裡拿出小小的帽子。帽子是綠色的，裝飾了一只白色的緞帶花結，正中央的大鑽石閃耀著光芒。迪迪太開心了！仙子跟他解釋鑽石的功用——如果按著頂端，就可以看見事物的靈魂；如果把它稍微轉向右邊，就會看見過去；把它轉向左邊，就能看見未來。

迪迪滿臉笑容，開心的跳起舞來；不過他立刻就害怕自己會失去這頂小帽子。

「爸爸會拿走我的帽子！」迪迪喊著。

「不會的，」仙子說，「只要你把帽子戴在頭上，就沒人看得見……你要不要試試看？」

「好呀，好呀！」孩子們拍手喊著。

帽子一戴在小男孩頭上，魔法就讓一切改變了。老仙子變成年輕美麗的公主，她穿著絲質的衣服，全身都是閃閃發光的珠寶；小屋的牆壁不僅變成透明的，還像寶石那樣閃耀著光芒；原本樸素的家具彷彿大理石般耀眼。兩個孩子一邊拍著手，一邊來回奔跑，開心的大喊大叫。

「噢，太棒了，太棒了！」迪迪大喊。

至於小梅嘛，這個小女孩只是一動也不動的站在漂亮公主的美麗洋裝前。

還有更多更令人驚奇的事物等著他們呢！仙子不是說了？所有東西和動物都有生命，就跟人類一樣會說話，也會動來動去？看吧！老爺鐘的小門突然打開了，甜美的音樂響起，十二位穿著精緻的小小舞者開始繞著孩子們旋轉舞蹈。

「她們是你生命的時辰。」仙子說。

「我可以跟她們一起跳舞嗎？」迪迪問，他用羨慕的眼光望著這些美麗的生物，她們輕盈的掠過地板，就像鳥兒一樣。

不過就在這個時候，迪迪忽然忍不住大笑了起來！那個滑稽的胖傢伙是誰？他上氣不接下氣，全身都是麵粉，掙扎著從麵包烤盤裡爬出來，還對著孩子們鞠躬。那是麵包呀！麵包本人，他趁著這段自由時間到地上走一走呢！他看起來像個又胖又有趣的老紳士，臉龐就像鼓鼓的麵團，粗粗的手臂連接著大大的手掌，當他把手放在又大又圓的肚子上時，雙手甚至

沒辦法互相碰觸呢！他穿著緊身的麵包皮色西裝，胸前有條紋，看起來很像早餐吃的那些好吃的奶油卷。他頭上還綁著一塊巨大的麵包（試著想像一下吧！），應該可以算是某種好笑的頭巾吧！

麵包還在烤盤上掙扎，而跟他很像、只是比較小的麵包就跟在他後面，與那些時辰舞者一起蹦蹦跳跳，完全沒有注意到自己把一堆麵粉都撒在那些漂亮的女士身上，讓她們陷入一大團白茫茫的雲朵中了。

這真是一場奇異又迷人的舞蹈，孩子們好高興。時辰舞者與麵包一起跳華爾滋；盤子們也加入歡樂的嬉戲，他們冒著摔倒還有砸成碎片的危險在抽屜身上蹦蹦跳跳；碗櫥裡的杯子哐啷哐啷響，互相舉杯敬大家都身體健康。至於叉子們嘛，他們跟刀子的聊天聲大到你根本聽不見自己的聲音……

如果繼續這樣吵吵鬧鬧很久，不曉得會發生什麼事，迪迪的爸爸媽媽一定會醒來吧！幸運的是，當混亂與喧囂達到最高潮時，一團巨大的火焰從煙囪裡衝了出來，讓整個房間充滿強烈的紅光，彷彿屋子著火似的。大家全都驚恐的用閃電般的速度逃向房間角落，迪迪和小梅害怕的啜泣，把頭埋進仙子的斗篷裡。

「別怕！」仙子說，「那只是火先生，他也來跟你們一起玩了！他心地善良，只是你們最好別碰他，因為他的脾氣不太好唷。」

孩子們透過斗篷美麗的金色蕾絲鑲邊緊張的偷看，一個身形高大的紅色傢伙正看著他們、取笑他們很膽小。他穿著鮮紅色的緊身衣，緊身衣上綴著閃亮的金屬片，肩膀上垂著火焰般的絲巾。他用長長的手臂揮舞著絲巾，滿頭都是彷彿正在燃燒的鬈髮。接下來，他就像發瘋似的擺盪著手臂和腿，在房間裡跳來跳去。

迪迪雖然稍微鬆了一口氣，但還是不敢離開仙子的斗篷。這時候，貝麗呂仙子突然想到了一個很棒的主意：她用魔杖指著水龍頭，一位年輕女孩立刻出現在他們面前，她滴滴答答的哭泣著，看起來就像噴泉。那是水小姐，她很漂亮，可是看起來傷心得不得了，她的歌聲十分甜美，輕柔的宛如泉水表面的漣漪。她的長髮垂到腳邊，也許是由海草織成的也說不定。她只穿著睡衣，不過身上的水映照出閃爍的色彩。一開始她很猶豫，小心的四處張望，不過她一看見火先生還像個傻瓜般在房裡四處亂竄，立

刻憤怒又不顧一切的衝向他，把水灑在他臉上，用盡全力潑濺水花，把他弄溼。火先生盛怒不已，開始冒煙。不過他一發現是死對頭在找自己的麻煩，就認為退到角落才是比較聰明的做法。水小姐似乎也想要撤退了，這裡總算暫時恢復了平靜。

兩個孩子終於不像之前那麼緊張了。他們問仙子接下來還會發生什麼事，卻聽見有什麼東西打破的嚇人聲響。他們望向餐桌，結果大吃了一驚！牛奶罐躺在地板上碎成了千片！一位迷人的女士從碎片間升起，她緊握著雙手、害怕的小聲尖叫，並且露出哀求的眼神。

迪迪趕緊上前安慰她，因為他立刻就知道她就是牛奶；而且啊，因為迪迪非常喜歡牛奶，還吻了她一下。她看起來就像一位清新秀麗的小小牛奶女工，白色的連衣裙上滿是奶油，飄散著稻草的清香。

這時候小梅也看向糖果，因為他好像也活過來了。糖果先生就在門邊的一個架子上，在藍色的包裝紙裡不斷的左搖右晃，可是似乎沒有太大的變化。不過最後，我們總算可以看見他長出一條細細長長的手臂，接著尖尖的頭撐破了包裝紙，然後又長出了另一條手臂，還有長到彷彿沒完沒了的腿……噢，你真該看看糖果先生看起來有多好笑！真的很好笑！好笑到孩子們忍不住當著他的面取笑他！但是他們又想對他友善一點，因為仙子是這樣介紹他的：

「迪迪，這是糖果的靈魂唷！他的口袋裡放滿了糖，而且每根手指頭都是棒棒糖！」

如果能有一個由糖果做成的朋友，該有多好呀！如果你真的很想吃東西的時候，還可以咬他一口呢！

「汪汪汪！早安早安，我的小小神明！終於啊！我們終於可以講話了！雖然以前不管我發出叫聲，還是對你搖尾巴，你都不懂我的意思！我愛你！我愛你！」

這個特別的人是誰呀？他緊挨著所有人，整間屋子立刻喧鬧又開心。我們馬上就知道答案了！他是羅羅，永遠都用盡全力了解人類的好狗狗。這種性情善良的動物會陪孩子們到森林去，他們會忠實的守衛家門，更是永遠真心相待又忠誠堅定的朋友！現在這會兒，他正用後腿站立著呢——彷彿嫌自己的腿太短似的——他的另外兩條前腳不斷拍打著空氣，讓他看起來就像個笨拙的小小人。羅羅沒有變，還是穿著滑順、芥末色的外套，牛頭犬開心的臉龐上有著黑黑的口鼻。但是他比原來大多了，而且還會講話！羅羅用最快的速度講話，彷彿想要立刻為整個族群平反，因為多少世紀以來，他們都沒辦法為自己發聲。他聊天聊個不停，畢竟他總算可以解釋自己的想法了。看著他不斷親吻自己的兩位小主人，叫他們「我的小神明！」真的是一幅很美的景象。他坐起來、在房裡跳來跳去、撞倒家具、用又大又柔軟的腳掌逗弄小梅、吐舌頭、一直搖尾巴，然後不斷喘氣，就像正在打獵似的。我們馬上就可以看出羅羅單純慷慨的天性，他深信自己的存在非常重要，幻想著對這些動物與東西的新世界來說，他是最不可或缺的一員。

羅羅纏著孩子們很久，等他終於表達完自己有多麼喜愛他們，就轉向其他成員，一一對他們示好，因為他認為大家都需要自己的關注。一旦羅羅的喜悅被釋放，就會毫無節制的傾洩而出。而且因為羅羅是重新獲得生命的所有生物中最充滿愛的一個，他也是當中最快樂的。可惜的是，變成人類並沒有改善當他還是小狗狗時的缺點。他好嫉妒唷！嫉妒得不得了！

看見貓咪蒂蒂也跟著幻化為人形，還看見孩子們就像對自己一樣，伸手拍拍又親了親貓咪，讓羅羅覺得自己的心好痛！噢，他好討厭貓咪！卻還是得忍受她待在身邊，看見她不斷得到家人們的關愛——那真是這輩子，命運要求他做出的最大犧牲！不過，羅羅依舊毫無怨言的接受了，因為這樣會讓他的兩個小神明高興。噢，羅羅竟然能克制住不去打擾蒂蒂，實在是難為他了。不過因為蒂蒂，羅羅的良心可是受過許許多多譴責！有一天傍晚，羅羅不就鬼鬼祟祟的潛入好心的貝林戈夫人的廚房？就為了嚇唬她那隻老公貓？那隻貓可從來沒傷害過他呀！羅羅不也弄傷了對面那棟大廳裡，那隻波斯貓的背嗎？羅羅有時候還會故意到鎮上去找貓的麻煩，把他們傷得很慘，就為了讓自己稍微消消氣？現在，蒂蒂竟然跟他一樣可以開口講話！在他面前展開的這個新世界裡，蒂蒂會成為他的對手！

「噢，這個世界一點都不公平嘛！」羅羅的心無比苦澀，「一點都不公平！」

這時候，剛才正忙著梳理自己的毛皮、磨尖爪子的貓咪，冷靜的對小女孩伸出腳掌。

她真的是隻非常漂亮的貓。而且啊，要不是我們的朋友羅羅有著這麼不堪的感受，我們這一次或許就會忽略他了！畢竟你怎麼可能不被蒂蒂的眼睛吸引呢？她的雙眼就像祖母綠中鑲著黃寶石呢！你怎麼有辦法抗拒，不去輕輕撫摸她的背？她的背摸起來就像美好的黑絲絨啊！你怎麼可能不愛上她的優雅、她的溫柔，還有她莊嚴的姿態？

蒂蒂對小梅溫柔的微笑，用精心挑選的措辭說：「小姐早安！妳今天早晨看起來真美！」

孩子們非常溫柔的拍著她。

羅羅依然從房間另一頭盯著貓咪：

「現在她用後腿站起來，像人類一樣，」羅羅自言自語的說著，「她看起來真像惡魔！耳朵尖尖、尾巴長長的，加上跟墨水一樣黑的洋裝！」

羅羅忍不住咬牙切齒，「她好像鎮上清理煙囪的傢伙喔，」他繼續說，「我真討厭她！不管我的小神明們怎麼說，我永遠也不會把她當成真正的人類……他們可真幸運……」羅羅嘆了一口氣說，「還好我懂的事情比他們要多太多了！」

不過，羅羅突然無法控制自己。他大喊著衝向貓咪，發出很大的笑聲，聽起來幾乎跟吼叫差不多：「我要來嚇蒂蒂了！汪汪汪！」

可是貓咪呢？當她還是動物的形態時，自尊心就已經很強了，現在更覺得自己懷抱著非凡的使命。她認為時機已經到來，可以在自己與狗兒之間豎起高高的屏障。在她的眼裡，狗兒的教養一向都不好。她輕蔑的退後一步，只說了一句：「先生，我又不認識您。」

這樣的侮辱，讓羅羅跳了起來，貓咪則豎起全身的毛，並抽動著小巧粉紅鼻子下面的鬍鬚（她向來對那兩塊淺白色的斑點非常得意，認為那使她黝黑的美麗增添了一抹特別的風情）；接著，她拱起自己的背、豎起尾巴，發出嘶嘶聲：「嘶！嘶！」她一動也不動的站在抽屜櫃上，就像中國花瓶瓶口上裝飾的一條龍。

迪迪和小梅開心的大笑，不過，要不是這時候發生了一件很棒的事，這場爭執一定會不歡而散。晚上十一點，也就是冬天夜晚正好過了一半的時候，一道有如正午陽光般閃耀的燦亮光芒照進了小屋裡。

「看，有光耶！」小男孩說。他已經不知道該怎麼看待眼前發生的事

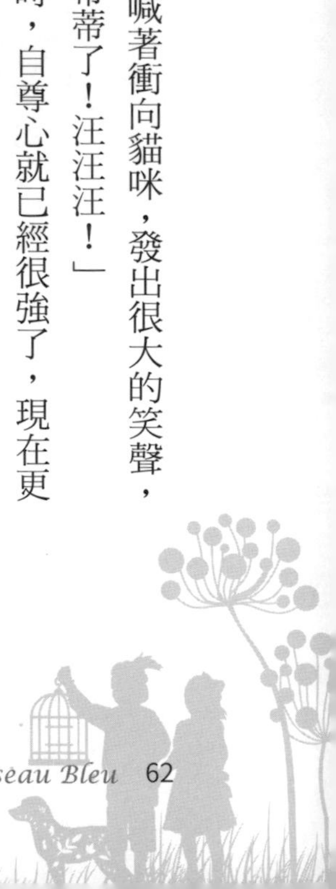

情了，「如果爸爸看到，會怎麼說呢？」

不過啊，仙子還來不及告訴他這到底是怎麼一回事，迪迪就懂了。於是，他滿心驚嘆的，在這幅讓他目眩神迷的景象前跪了下來。

窗邊出現了一道很美、閃爍著陽光的光環，中央緩緩升起的金色光束原來是一位天仙般美麗的年輕女子！她身上覆著閃亮的薄紗，不過那完全沒有遮掩她的美麗；她伸出裸露的雙臂，彷彿要贈與旁人什麼……而她的手臂看起來簡直就像是透明的；她的眼睛又大又清澈，使注視她的人全都立刻喜歡上她。

「是女王吧！」迪迪說。

「是仙子公主吧！」小梅說著，跪在哥哥身旁。

「孩子們，不是的，」仙子說，「她是光！」

光女士微笑著走向兩個小小孩。她是天堂的光亮暨大地力與美的象徵，也為自己被賦予的謙卑任務感到自豪；她從來不曾被囚禁過，且向來住在開闊的宇宙中，將自己的美一視同仁的贈與萬物。如今，她竟然同意被一個短短的咒語禁錮在人類的形體裡，好帶領孩子們走進世界、指引他們認識另一種光——也就是心靈之光，這種光從來不是肉眼可見，卻幫助我們看見所有事物真實的樣貌。

「是光！」所有物品和動物高喊。他們全都愛她，於是開始繞著她跳舞，並且發出愉快的呼喊。

迪迪和小梅開心得不得了。他們從來沒有想像過光會這麼有趣又漂亮，所以喊得比其他夥伴更大聲。

這時候，讓他們擔心的狀況還是發生了。他們突然聽見牆壁被敲了三下，音量大到足以把小屋子拆了！是爸爸，他被嘈雜的聲音吵醒，正出言嚇唬孩子們，不准他們繼續吵鬧。

「趕快轉動鑽石呀！」仙子對迪迪喊著。

我們故事的英雄趕緊聽從仙子的話，只是他還不太能掌握轉動鑽石的訣竅；而且只要一想到爸爸快來了，他的手就抖得很厲害。事實上，他的動作笨拙到都快弄壞鑽石了。

「別轉這麼快！別轉這麼快！」仙子說，「噢，親愛的，你轉太快了，這樣他們根本沒有時間回到原位，我們接下來可麻煩了！」

接下來，所有東西一陣混亂。小屋的牆壁失去了光芒，大家四處驚慌走避，想變回恰當的模樣——不過火先生找不到煙囪；水小姐跑來跑去，到處找她的水龍頭；糖果先生站在撕破的包裝紙前面哀號；而麵包先生嘛（他是一整條麵包中最大的一塊）根本擠不進烤盤，因為其他麵包早就在一團混亂間先跳了進去，占滿所有空間了。至於狗兒呢，他大到鑽不進狗屋的小洞；貓咪也擠不進她的籃子。唯獨那些時辰舞者，她們向來跑得比人類希望的還快，於是一點也沒有耽擱，一下子就溜回時鐘裡了。

光女士一動也不動的佇立著，完全沒有亂了方寸。她向大家好好示範了何謂冷靜，因為其他人全都在仙子身旁哭泣哀號著。

「會發生什麼事啊？」他們問，「我們會遇到危險嗎？」

「這個嘛，」仙子說，「我得告訴你們事實才行——陪伴這兩個孩子的所有東西，在旅程結束時都會死去。」

大夥開始哭天搶地，除了狗兒，對他來，說能保持人形愈久，他就愈開心。他早已站在光女士的身邊，好確保自己能在前方引領兩位小主人。

這時，傳來比之前更可怕的捶牆聲。

「爸爸又發出聲音了！」迪迪說，「這次他真的起床了，我已經聽見他的腳步聲了……」

「你們知道了吧，」仙子說，「太遲了，你們已經沒有其他選擇了！你們全都得跟我們走……不過火先生啊，你別靠近大家；狗兒呀，你不許開貓咪的玩笑；水小姐，妳不要灑得到處都是嘛；還有糖果先生呀，你別再哭啦，除非你希望自己融化。麵包先生負責提到時候裝青鳥的籠子；你們全部都到我家來，我會幫所有動物和東西穿上合適的衣服……我們往這個方向出去！」

仙子說話時，同時用魔杖指著窗戶。只見窗戶神奇的往下延伸，彷彿變成了一扇門。大家都躡手躡腳的離開屋子後，窗戶又變回了原本的模樣。於是，在聖誕夜清澈的月光下，教堂的鐘聲有力的敲響，宣告耶穌的誕生。而同一時間，迪迪和小梅也離開了自己的家，出門去尋找即將為他們帶來幸福的青鳥。

2 仙子的宮殿

貝麗呂仙子的宮殿矗立在一座高山的山頂，就在要去探訪月亮的半路上。宮殿離月亮非常近，近到足以讓你在夏夜天空清朗時，站在宮殿陽台上就能直接看見月亮上的山巒和谷地、湖泊與海洋。仙子就在她的宮殿研究星星、讀取它們的祕密，因為地球已經很久很久沒有任何事情可以教導她了。

「我對這座老星球已經沒興趣了！」她以前會這樣對高山巨人朋友

說，「住在地球上的人們都還閉著眼睛不肯張開！我同情他們，這些可憐的東西！我三不五時會到地球上去看看他們，可是這純粹是出於好心。我很想解救那些孩子們，希望他們可以逃離等在他們面前的黑暗與不幸。」

這解釋了她為什麼會在聖誕夜敲響了樵夫爸爸的小屋。

現在，我們該回來看看我們的旅行者了。在抵達大馬路前，仙子就想起他們不能就那樣穿過村莊，因為村莊還在舉辦慶祝的宴席，家家戶戶的燈都還亮著。還好仙子有豐富的知識，豐富到她能立刻解決所有問題。她輕輕壓著迪迪的頭，希望他們都能被魔法送到她的宮殿。接下來，我們的夥伴們就被一團由螢火蟲組成的雲環繞，然後被溫柔的帶往天空。當他們還在為此驚訝不已時，就已經到達仙子的宮殿了。

「跟我來。」仙子說，並帶領他們穿過金碧輝煌的房間和迴廊。

他們停在一間大房間，房間四周環繞著鏡子，還有一座超級寬敞的衣櫥，衣櫥的縫隙透著光。貝麗呂仙子從口袋裡拿出鑽石鑰匙，用鑰匙打開衣櫥。大家全都發出驚呼，因為衣櫥裡高高堆滿了珍奇的玩意兒：綴滿寶石的斗篷、各式各樣來自不同國家的服飾、珍珠小皇冠、綠寶石項鍊、紅

寶石手鍊……孩子們有生以來不曾見過這樣的珍寶！至於其他東西的感受嘛，他們根本就是瞠目結舌；這種反應應該也很自然，你只要想想他們畢竟是第一次見識到這個世界，所以一切都顯得非常奇異。

仙子幫助他們選擇，火先生、糖果先生和貓咪都展現了各自的品味。火先生的眼裡根本只有紅色，他立刻選中了一件華麗的亮紅色長袍，上頭還裝飾著金色的閃耀亮片。他頭上什麼也沒戴，因為他總是覺得頭頂很熱。糖果先生只能接受白色和淺藍色，因為鮮豔的色彩和他甜美的性格相衝。他選了藍白長袍和尖尖的帽子，頭上的帽子看起來就像熄滅蠟燭用的工具，看起來特別滑稽，不過他太傻了，完全沒有注意到這種糗樣，只顧著在鏡子前像顆陀螺似的轉來轉去，無知的拚命欣賞自己。

貓咪嘛，她向來是位淑女，早就習慣自己身上的深色衣物，覺得無論何種場合，黑色永遠是最美麗的，特別是他們這種說走就走、不帶行李的旅行。於是她穿上黑色、緊身、裝飾著黑玉刺繡的套裝，肩膀上披垂著長絲絨披肩，還戴上裝飾著一根長羽毛的大大騎士帽。她還要來一雙柔軟的童靴，用來紀念她著名的祖先——長靴貓。另外，她的前腳也戴上了手套，以免被路上的塵土弄髒。

全部穿戴整齊以後，貓咪對鏡子投以滿意的一瞥。她有點緊張，眼神焦慮、粉紅色的鼻子微微顫抖，她匆匆忙忙的邀請糖果先生和火先生一起出去散散步。於是他們三個走了出去，其他人則留在屋子裡繼續換裝。我們就跟在他們身邊一會兒吧，因為我們已經很喜歡勇敢的迪迪了，很想知道有沒有什麼事情可以幫助或者會阻撓他的行程。

經過幾座富麗堂皇、簡直就像掛在天空中的露台後，我們這三位密友在大廳停了下來，貓咪立刻壓低聲音，對另外兩位說：

「我把你們帶來這裡，」她說，「是為了討論接下來該怎麼辦。我們得好好把握最後的自由才行……」

可是她的話被一陣凶猛的吼叫聲打斷。

「汪汪汪！」

「又來了！」貓咪高聲喊著，「又是那隻蠢狗！他聞到我們的味道了！我們連一分鐘都不得安寧。趕快躲在欄杆後面，不能讓他聽見我要告訴你們的話。」

「太遲了！」站在門邊的糖果先生說。

的確，羅羅出現了，他又叫又跳，還不停喘氣，一副開心的樣子。

貓咪看見狗兒的時候，馬上厭惡的轉過頭去。

「他穿著灰姑娘車夫的制服欸……還真適合他！反正他的靈魂徹頭徹尾就是個僕人！」

貓咪講完這句話時，還用「嘶！嘶！」的氣音結尾。她輕撫了一下自己的鬍鬚，不服氣的站在糖果先生和火先生中間。好狗兒根本沒有看到她的小伎倆，他完全沉浸在穿著體面衣服的喜悅中，只是一圈接一圈跳著舞。看到狗兒的絲絨外套宛如旋轉木馬般轉圈圈實在很好笑，因為衣服的下襬會不時敞開，露出又粗又短的尾巴，呈現出來的效果十足。我應該不必告訴你吧……羅羅呀，就跟所有用心飼養的牛頭犬一樣，長著像小狗般短短的尾巴和耳朵。

可憐的傢伙，他向來很嫉妒那些狗兄弟們的長尾巴，那種尾巴讓他們更容易表達豐富且多樣的情感。話說回來，身體上的弱點與多舛的命運總是能強化內在的意志。羅羅的靈魂缺乏向外表達自我的媒介，卻因為沉默變得更堅強；至於他永遠都充滿愛的外表嘛，看起來更是打動人心。

今天，羅羅大大的深色眼睛閃爍著愉快的光芒；畢竟他突然變成人類了！他全身穿著華美的服飾，正準備陪伴他的小神明們穿越世界，完成艱鉅的任務！

「你們看！」狗兒說，「看哪！我們棒極了，對吧！看看我身上的蕾絲和繡花！這可是貨真價實的黃金耶！」

羅羅沒有發現其他人正在取笑他，說實話，他看起來確實很滑稽，不過啊，就跟所有單純的生物一樣，他不具備幽默感。他對自己天然的黃色毛皮外衣非常自豪，自豪到連背心都沒有穿，這樣就沒有人會懷疑他是從哪裡來的了。也因為同樣的理由，他保留了項圈，因為項圈上有家裡的地址。他穿著大大的紅色絲絨外套，外套上層層疊疊繡滿金色蕾絲。外套長到他的膝蓋，兩側都有大口袋。羅羅很貪心，他覺得那兩個大口袋可以讓他隨時帶著各種緊急物資。他在左耳戴了一頂小圓帽，帽子上裝飾著一根魚鷹的羽毛，他用鬆緊帶將帽子繫在方形的大頭上，帶子把他又胖又鬆垮的臉頰截成了兩半。他的另一隻耳朵倒是無拘無束，這隻耳朵從他的頭旁邊冒出來，形狀就像一個小牛皮紙袋。羅羅就用這隻耳朵當作警訊接收器，就像在池子裡投進小石頭似的，收集周遭各式各樣的聲音。

羅羅也在後腳穿了一雙漆皮騎馬靴，靴子頂端是白色的，不過因為他覺得前腳太有用了，就沒有戴上手套。羅羅的個性實在太隨興了，很難在一天內就改掉各種小習慣。而且，儘管他多了幾分榮譽感，卻還是容許自己做一些不體面的事。比如此刻，他就躺在大廳台階上，抓著地板、嗅聞牆壁，然後突然開始哀哀叫！他的下唇緊張得顫抖，就像快要哭出來的樣子。

「那個蠢蛋又怎麼了？」貓咪問，一邊用眼角餘光瞄他。

不過她立刻就明白了。遠方傳來一首甜美的歌，羅羅可受不了音樂。歌聲愈來愈近，高聳拱門投下的暗影傳來了女孩清新的聲音。接著水小姐出現了，她又高又苗條，宛如珍珠般白皙，她前進的方式與其說是走路，不如說是滑行。她的動作輕柔優雅，讓你幾乎懷疑自己雙眼所見的是不是幻影。美麗的銀色洋裝在她身上飄浮著，長過膝蓋的頭髮裝飾著珊瑚。

火先生一看到她，就用粗魯不屑的口氣譏諷：

「她還缺了一把傘呢！」

不過水小姐啊，她真的很聰明，知道在兩人當中自己比較強大。於是，她只是瞥了火先生發亮的鼻子一眼，就用宜人的聲音回答：

「不好意思？我還以為你在說我前幾天見到的那個大紅鼻子呢！」

其他人開始大笑，紛紛取笑火先生，因為火先生的臉永遠都像燒得火紅的煤炭。火先生氣得跳到了天花板上，決定晚一點再回過頭來報復。這時候，貓咪小心翼翼的走向水小姐，還不斷稱讚她的洋裝有多好看。我不必多說你也知道，貓咪沒有一個字是真心的，她只是想表示友好，希望所有人都站在她這一邊，好實踐自己的計畫。沒有看見麵包先生也讓貓咪很焦慮，因為她希望大家都到齊了才開口。

「他在做什麼呀？」貓咪一次又一次的喵喵叫著詢問。

「他在大費周章的選衣服哩！」狗兒說，「最後，他終於決定穿土耳其長袍，還搭配了短彎刀和頭巾唷。」

而在羅羅開口之前，一個身上裹著七彩顏色、形狀怪異又滑稽的東西就堵住大廳狹窄的門口。是麵包先生的大肚子，他擋住了整個門口，但卻不曉得為什麼，只是不斷撞到東西，因為他不是很聰明，也不習慣在人類的屋子裡移動。最後，麵包先生總算想到可以彎下腰來、擠過走廊，才成功進到大廳裡。

這個進場方式當然不是很成功，不過麵包先生還是很開心。

「我來了！」他說，「我來了！我穿了藍鬍子最高級的衣服唷……你們覺得怎麼樣？」

狗兒在他身邊跳來跳去，他覺得麵包先生看起來實在太棒了！看看他黃色的絲絨衣裳，衣服上覆滿了銀色的新月，讓羅羅想起了他最愛的美味馬蹄蛋糕卷；而且麵包先生頭上巨大的花稍頭巾，看起來超像杯子蛋糕！

「他看起來好棒唷！」狗兒喊著，「他看起來實在太棒啦！」

牛奶小姐害羞的跟在麵包先生身後。她很單純，所以儘管仙子建議她穿上各式各樣華麗的服飾，她還是寧可選擇奶油色的洋裝。牛奶小姐真是具有謙遜美德的楷模。

當麵包先生談起迪迪、光女士和小梅的服裝時，貓咪突然用威嚴的語氣打斷他的話：

「我們很快就會見到他們了。」她說，「別再閒聊了！聽我說，時間不多了，我們的未來岌岌可危……」

他們全都不知所措的看著她，他們知道現在是非常重要的時刻，可是他們還不太能理解該如何用人類的語言來表達。糖果先生絞弄著自己長長的手指，似乎很不

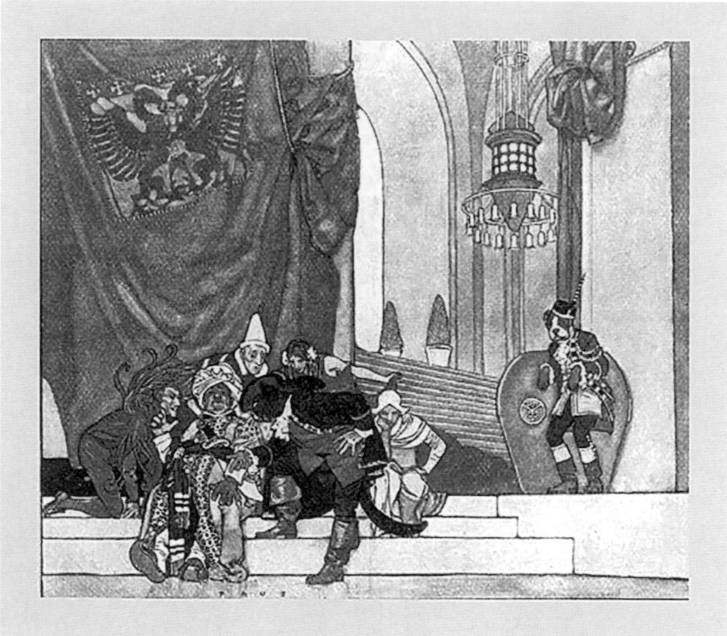

他們全都不知所措的看著貓咪，他們知道現在是非常嚴肅的時刻。

安；麵包先生拍拍自己的大肚子；水小姐躺在地板上，看起來就像陷入極度憂鬱的情緒裡；牛奶小姐只專注在麵包先生身上，因為從好久好久以前，麵包先生跟她就是朋友。

貓咪開始有點不耐煩，她繼續說：

「仙子已經說了，旅程終點就是我們生命結束的時刻。所以我們的工作就是盡全力、盡可能延長這段旅程……」

麵包先生很害怕自己一旦無法維持人形，就會立刻被吃掉，所以他很快就表示贊同；可是站得比較遠的狗兒假裝沒有聽見他們說的話，他打從心底開始發出哀號。他很了解貓咪在計畫些什麼……「我們必須不惜一切代價延長旅程，讓孩子們找不到青鳥，就算會讓孩子們有生命危險也一樣。」蒂蒂一說完，只忠於自己心靈感受的好狗兒就撲向貓咪，想要咬她。

糖果先生、麵包先生和火先生趕緊擋在他們之間：

「維持秩序！維持秩序！」麵包先生用自以為是的口吻說，「我是這次會議的主席。」

「誰讓你當主席的？」火先生氣呼呼的說。

生。

「誰說你可以介入的？」水小姐問，一邊將溼淋淋的頭髮甩向火先

「不好意思，」全身發抖的糖果先生安撫著他們說，「不好意思……現在是關鍵時刻……讓我們用友善的方式討論事情好嗎……？」

「我同意糖果先生和貓咪的看法。」麵包先生說，彷彿一句話就解決了這整件麻煩事。

「這太荒謬了！」狗兒說，他露出牙齒吠叫著，「人類就是一切！我們必須服從、照他們說的話去做！除了人類，我誰的話都不聽！人類萬歲！人類最偉大！我為人類而生，為人類而死！人類就是一切的一切！」

不過貓咪尖銳的聲音蓋過了周遭的聲響，她對人類充滿怨恨，想要利用目前短暫化為人形的咒語，為自己的種族報仇雪恨。

「我們全都存在著，」貓兒喊著，「動物、東西和元素，全都擁有人類還不知道的靈魂，這就是為什麼我們得以保留一點點自主性。可是如果人類發現了青鳥，他們就會明白所有的事。一旦他們明白了一切，我們就只能臣服於他們的腳下……你們一定要記得我們在這片大地上自在漫遊的

時光啊！」這時候，她的表情突然變了，她發出極小的聲音低語著說：「小心！我聽見仙子和光女士來了。我不必說你們也知道吧，光女士選擇站在人類那一邊並設法幫助人類，她是我們最大的敵人……一定要小心啊！」

我們的朋友們從來沒有練習過騙人的表情，因為覺得自己就像犯錯的那一方，他們都變得很不自在，甚至有點可笑。結果，當仙子一出現在門邊，就大喊：「你們都躲在角落做什麼？看起來就像一群正在祕密討論叛變的人欸！」

他們很害怕，認為仙子已經猜到他們的壞念頭，紛紛在她跟前跪了下來。他們很幸運，因為仙子完全沒有想到他們的小小心思飄過了什麼念頭。她是為了向孩子們解釋第一階段的旅程，也來告訴其他人該怎麼做的。迪迪和小梅手牽手站在仙子面前，身上穿著高貴的衣服，看起來有點害怕，也有點局促不安。他們用孩子天真的讚歎眼光盯著彼此。

小女孩穿著黃色的絲質洋裝，洋裝上繡著粉紅色的花束，還綴滿了金色亮片。她的頭上戴著可愛的橘色絲絨帽子，小小的手臂上覆蓋著上過漿的平紋細布領。迪迪則穿著絲質紅外套和絲質藍色燈籠褲，頭上當然戴著那頂奇妙的小帽子。

仙子對他們說：「青鳥可能躲在你們爺爺奶奶家，就在思念之國，所以你們先到那裡去吧。」

「可是我們怎麼看得到爺爺奶奶呢？他們已經死了……」迪迪問。

好心的仙子解釋：爺爺奶奶不會真的死去，除非他們的孫子不再想念他們。

「人類並不曉得這個祕密，」仙子說，「不過啊，多虧了鑽石，迪迪你會看見……只要我們記得他們，死去的人就能像依然在世一樣快樂的繼續生活。」

「妳會跟我們一起去嗎？」男孩轉身問站在門邊照亮大廳的光女士。

「不會，」仙子說，「光女士不能看向過去，她的能量必須用在未來！」

兩個孩子準備動身出發，可是他們發現自己的肚子好餓。仙子立刻要求麵包先生讓他們吃點東西……又大又胖的麵包先生很高興自己被賦予了重要任務，他解開長袍最上方的釦子、拔出彎刀，從肚子上切下兩片麵

麵包先生很高興自己被賦予了重要的任務，他解開長袍最上方的釦子、拔出彎刀，從肚子切下兩片麵包。

包。孩子們驚喜的大笑，羅羅也暫時擱下了憂鬱的念頭，懇求孩子們分他一點麵包……大家唱起離別的歌曲。向來只想到自己的糖果先生也想做些讓大家印象深刻的事，於是他折斷兩根手指，把棒棒糖手指遞給驚訝的孩子們。

大家全都移向門邊，但貝麗呂仙子卻阻止了大家：

「今天你們不能陪他們，」仙子說，「孩子們必須獨自前往爺爺奶奶家。今晚他們要去過世的親人家，你們不適合作陪。快點出發吧！親愛的孩子們，再會了，記得要趕回來，這非常重要！」

兩個孩子手牽手、提著大籠子、走出了大廳。在仙子的指示下，大家在她面前排成了一列準備回到宮殿。但是我們的朋友羅羅，是唯一一個不回應自己名字的人。一聽見仙子說孩子們只能獨自前往，羅羅就下定決心，不管發生什麼事情都要跟去好照顧他們。所以當孩子們與其他人一一道別時，羅羅便躲在了門後。可是這個可憐的傢伙，怎麼可能逃得過仙子全能的視角呢。

「羅羅！」仙子喊著，「羅羅！快過來！」

可憐的狗兒，一直以來都這麼習慣服從，所以他根本不敢拒絕仙子的召喚，還是跑回到仙子身邊。他把尾巴夾在兩腿間回到大夥兒的隊伍，看見兩個小主人從雄偉的金色樓梯消失時，狗兒絕望的發出了哀號。

糖果先生也想做些讓大家印象深刻的事，於是他折斷兩根手指，把棒棒糖手指遞給驚訝的孩子們。

3 思念之國

貝麗呂仙子告訴孩子們思念之國並不遠，但是要抵達思念之國，就得先穿越一座古老又濃密的森林。這座森林濃密到看不見樹頂，且永遠籠罩在濃厚的霧中。要不是仙子告訴孩子們以下這段話，他們肯定會迷路。

仙子說：「思念之國就在前方，其實只有一條路。」

地上鋪滿了花朵，所有花看起來都很像，是雪白的三色堇。這些三色堇非常漂亮，不過因為它們從來沒有見過陽光，所以也沒有香味。

孩子們很寂寞，但這些小小的花朵安慰了他們的心。他們被神祕的寧靜包圍，身體微微發抖，卻又同時感受到一種從來不曾體驗過的悸動。

「我們帶一束花去看奶奶吧！」小梅說。

「好主意！奶奶一定會很開心！」迪迪喊著。

孩子們一邊走，一邊收集美麗的白色花束。可愛的孩子們並不知道，他們每摘一朵花語代表著思念的三色堇，都帶著他們又更靠近爺爺奶奶……不久，他們面前就出現了一棵大橡樹，樹上還釘著一塊告示牌。

「我們到了！」男孩發出勝利的大喊。他踩在樹根上唸出告示牌上的字──思念之國。

他們到了，可是四面八方卻什麼也沒有。

「我什麼也沒看見啊！」小梅哀號著，「我好冷喔！我好累唷！我不想繼續走了啦！」

很看重自己任務的迪迪忍不住發火了。

「喂，妳不要像水小姐那樣一直哭啦！這樣有點丟臉耶！」他說，「那邊！妳看！妳看！霧要散了！」

的確，霧就在他們眼前散開來，彷彿有人用隱形的手把紗簾掀開似的。大樹消失了，所有東西都不見了，眼前出現了一間漂亮的小農舍，屋頂覆滿了爬藤植物，屋前還有一座小花園，開滿了各種花朵、長著果樹。

孩子們立刻

所有東西都不見了，迪迪與小梅眼前出現一間漂亮的小農舍。

認出果園裡心愛的母牛、門邊的看門狗，還有窩在柳條編織籠子裡的黑鳥……一切都籠罩在一種蒼白的光線中，周遭的空氣非常溫暖。

迪迪和小梅驚訝的站在原地，原來這裡就是思念之國呀！這裡的天氣多麼舒適！待在這裡感覺真好！兩兄妹立刻下定決心要常常回來拜訪，反正他們已經知道路了。等最後的霧氣散去，他們看見爺爺奶奶出現在只有幾步遠的地方，他們坐在長椅上睡得很熟。兩兄妹實在是太開心了，開心到拍起手來，驚喜的高喊：「是爺爺欸！是奶奶耶！他們在那裡！他們就在那裡！」

不過兩個孩子有一點害怕眼前神奇的魔法，不敢從樹後面走出來。於是他們就繼續站在那裡，望著這對他們很愛的老夫婦，看著他們慢慢的、輕輕的從睡夢中醒來。他們聽見奶奶用顫抖的聲音說：「我覺得孫子們今天會來探望我們呢。」

爺爺回答：「他們一定正在想我們，因為我有一種奇特的感覺，而且我的腿麻麻的。」

「我覺得他們應該離我們很近，」奶奶說，「因為我的眼睛裡已經湧起快樂的淚水而且……」

奶奶還來不及講完，孩子們就已經衝到她的懷裡！多麼喜悅！他們不斷親吻和擁抱！多麼美好的驚喜呀！他們實在太幸福了，幸福到無法用言語表達。他們開懷大笑，試著說些什麼，忍不住用愉悅的眼神不斷望著彼此。能像這樣再度相逢真是意想不到，實在太幸福了。等最初的興奮慢慢平復，大家都同時開口說話：

「迪迪，你長得又高又壯啦！」奶奶說。

爺爺喊著：「看看小梅！她的頭髮多美啊！她的眼睛多美啊！」

孩子們忍不住跳起舞來，他們不斷拍手，一次又一次輪流投入爺爺奶奶的懷抱中。

最後，他們終於稍稍冷靜下來，小梅挨在奶奶胸前，迪迪舒服的坐在爺爺的腿上，他們開始聊起家裡的事情。

「爸爸媽媽都好嗎？」奶奶問。

「奶奶，他們很好，」迪迪說，「我們出門的時候，他們還在睡覺呢。」

奶奶又親了親他們說：

「我的天呀，這兩個孩子多漂亮啊，多麼甜美、多麼純潔！你們為什麼不常常來看我們呢？我們已經等了好幾個月，你們都忘記我們了，我們誰也見不到……」

「奶奶，我們沒有辦法過來啊，」迪迪說，「今天也是因為仙子……我們才有辦法過來……」

「我們一直在這裡呀，」奶奶說，「等待活著的人們來拜訪。你們上一次是聖徒節的時候來的吧……」

「聖徒節？那天我們沒有出門啊，因為我們都感冒了！」

「可是你們有思念我們啊！只要你們想念我們，我們就會醒來，就會見到你們。」

迪迪記得仙子說過這件事，不過當時他並不相信。可是現在他把頭枕在之前非常想念的奶奶胸前，迪迪開始明白某些事，他覺得爺爺奶奶其實從來不曾真的拋下他。他問：

「所以你們不是真的死掉了嗎？」

老夫妻聽到這句話大笑了。他們用更棒更美好的生命交換了在地球上的生命，因此早就忘記「死掉」這個詞了。

「『死掉』是什麼意思啊？」

「什麼？就是你沒辦法繼續活著呀！」迪迪說。

爺爺奶奶只是聳聳肩。

「活著的人講起其他生命時，頭腦可真不靈光啊！」他們只是這樣回答。

接著他們又開始訴說起各種回憶，並且因為能與孫子們聊天而感到雀躍不已。

老人都很愛談論舊時光。對他們來說，未來已經完結了，所以他們只喜歡現在和過去。不過我們就跟迪迪一樣有點不耐煩了，所以暫時別繼續聽他們聊什麼，跟著我們的小朋友們，看看接下來還會發生什麼事吧。

迪迪從奶奶腿上跳了下來，好奇的往四面八方張望。他很高興自己發現了各種以前知道或者還記得的東西。

「什麼都沒變嘛，所有東西都在老地方！」迪迪喊著。而且啊，因為他已經很久沒有拜訪爺爺奶奶家了，所有東西好像都比以前還棒。他用一

種熟門熟路的聲音說：「不過東西好像都變漂亮了耶！看，那座鐘的指針不是被我弄壞了嗎……那扇門被我弄破了一個洞，就是我發現爺爺的手鐲那天呀……」

「對呀，你以前可破壞了不少東西啊！」爺爺說，「還有那棵李子樹，當我不注意的時候，你最愛爬那棵樹了……」

然而，迪迪並沒有忘記來找爺爺奶奶的任務。

「青鳥不會剛好在爺爺家吧？」

同一時刻，小梅也抬起了頭，看向鳥籠。

「你看，是以前的老黑鳥耶！牠還會唱歌嗎？」

小梅說話時，黑鳥醒了，開始用最大的音量唱起歌來。

「對吧，」奶奶說，「只要有人想起牠呀……」

迪迪對眼前的景象大感驚訝！

「可是牠是藍色的耶！」他大喊，「沒錯吧，就是這隻鳥呀！青鳥！牠是藍色的！藍色的！就跟藍色的彈珠一樣藍！可不可以把牠送給我呢？」

爺爺奶奶開心的同意了。充滿成就感的迪迪，也跑到屋外把放在樹旁的籠子拿進來。他小心翼翼的抱住珍貴的鳥兒，鳥兒也開始在牠的新家裡跳來跳去。

「仙子一定會很高興！」男孩說，他很欣喜，因為自己完成了任務，「光女士也是！」

「過來，」爺爺奶奶說，「來看看母牛和蜜蜂！」

當老夫婦緩緩穿過花園時，孩子們突然問起過世的小弟弟和小妹妹是不是也在。同一時間，七個原本在屋子裡沉睡的小小孩突然醒了。他們激動的跑進花園裡，迪迪和小梅也奔向他們。大家全都抱在一起並且跳起舞來，還不斷轉圈圈，發出快樂的尖叫聲。

「他們在這裡呀！他們在這裡！」奶奶說，「只要你們一提起他們，他們就出現啦，那些孩子們！」

迪迪抓住一個小小朋友的頭髮。

「皮耶禾，你好啊！我們和以前一樣打一架吧！還有羅伯特！嘿，小尚，你的頭怎麼啦？瑪德蓮、碧耶蕾、寶琳，你們好嗎？莉格也來啦！」

小梅大笑了起來。

「莉格還沒有學會走路，還在地上爬耶！」

迪迪注意到在他們身邊一直叫個不停的小狗。

「是奇奇耶！牠的尾巴被我用寶琳的剪刀剪掉了……牠也一點都沒變耶！」

「當然沒變啊！」爺爺慎重的說，「在這裡，一切都不會改變！」只是，在大家開心喧鬧時，老夫婦突然一動也不動……因為他們聽見室內的時鐘發出小小的聲音，敲了八下。

「怎麼回事？」爺爺奶奶問，「那座時鐘早就不響啦？」

「因為我們不再想起時間了，」奶奶說，「剛才有誰想起時間的事嗎？」

「對，是我想到的，」迪迪說，「現在八點嗎？我該離開了，因為我答應光女士要在九點前回去的……」

迪迪準備去拿鳥籠，可是其他人實在太開心能見到他了，捨不得讓他這麼快離開。就這樣道別豈不是太可怕了！奶奶想到了一個好主意，她知道迪迪有多麼喜歡吃東西。現在正好是晚餐時間，如果夠幸運，他們應該還剩一些味道超級美味的高麗菜湯和一個漂亮的李子餡餅。

「好吧，」我們的英雄說，「反正我已經找到青鳥了！而且高麗菜湯可不是每天都會有的！」

大家急忙把桌子抬到戶外，在桌上鋪了一條很棒的白色桌巾，接著排好盤子。最後，奶奶端出還在冒煙的湯盤。他們點亮燈光，爺爺奶奶和孫子們一起坐下來吃晚餐，大家挨著彼此，開心的談笑。接下來有那麼一段時間，大家突然安靜下來，只聽見木湯匙哐啷哐啷敲擊著湯盤的聲音。

「實在太好喝了！實在是太好喝了啦！」迪迪大喊，大口大口的喝湯，「我還要喝！多一點！多一點！再多一點嘛！」

「拜託、拜託，安靜一點！」爺爺說，「你就跟以前一樣，一點規矩都沒有，這樣你會打破盤子的……」

迪迪不理爺爺，他站在凳子上、抓住湯盤，把盤子拖了過來，結果卻打翻了！熱湯灑得桌上到處都是，還沿著每個人的膝蓋往下流。孩子們痛得大喊又尖叫。奶奶很害怕，爺爺很生氣，重重賞了我們的朋友迪迪一個耳光。

一開始，迪迪踉蹌了一下，不過接著他表情狂喜的把手貼在臉頰旁邊高喊：「爺爺！實在太棒了！我好開心唷！剛才就像你還活著的時候賞我的耳光一樣耶！我一定要親你！謝謝你打我！」

大家都笑了。

「如果你喜歡，我還可以繼續打你！」爺爺氣呼呼的說。

不過爺爺也很感動，他抹去自己眼裡的一滴淚水。

「我的老天！」迪迪起身高喊，「現在已經八點半了！小梅，我們沒有多少時間了！」

就連奶奶哀求他們多留幾分鐘也沒

爺爺奶奶和孫子們一起坐下來吃晚餐。

有用。

「不行，我們真的沒辦法留下，」迪迪堅定的說，「我已經答應光女士了！」

他急匆匆的去拿那個珍貴的籠子。

「爺爺再見！奶奶再見！弟弟妹妹再見！皮耶禾、羅伯特、寶琳、瑪德蓮、莉格，還有你啊，奇奇……我們沒辦法留下來……奶奶，不要哭嘛，我們會常常回來的！」

可憐的老爺爺實在很不開心，拚命抱怨：「我的老天呀，活著多累人啊，總是忙東忙西，衝來衝去！」

迪迪試著安慰爺爺，再次保證一定會更常回來。

「每天都回來吧！」奶奶說，「這是我們唯一的樂趣了。只要你們想到我們，我們就覺得好安慰！」

「再見！再見！」弟弟妹妹們齊聲喊著，「趕快回來唷！記得幫我們帶一些糖果來！」

接著，大家互相親吻。所有人揮舞著自己的手帕，最後對著彼此大喊

再見。可是他們一個一個消失了，也聽不見他們小小的聲音，兩個孩子再次被霧氣包圍，置身在古老森林中，廣大又黑暗的濃蔭裡。

「我好害怕！」小梅嗚咽著說，「哥哥，讓我牽你的手啦，我好怕！」

迪迪也在發抖，可是安慰鼓勵妹妹是他的責任。

「噓！」他說，「想想我們正要把青鳥帶回去！」

他說話的時候，一絲光線穿透了幽暗，小男孩趕緊衝向光照耀而來的方向。之前他一直緊緊抱住鳥籠，此刻他做的第一件事，就是看看他的鳥兒……哎呀，實在是太讓他失望了！思念之國美麗的青鳥已經變成了黑色！迪迪用力瞪著鳥兒，但這隻鳥看起來還是黑色的！噢，這隻從前待在屋子門邊、在柳條編織的牢籠裡歌唱的老黑鳥，對迪迪來說是多麼熟悉啊！發生了什麼事？以前黑鳥一定很痛苦！而且那時候的生活，對迪迪來說又是多麼殘酷啊！

迪迪是如此熱忱又歡欣的踏上這段旅程，熱切到根本一點都沒有考慮到旅途中的困難與危險。他充滿了自信、勇氣與善心，就這樣出發，認為自己一定會找到能把幸福帶給仙子小女兒的美麗青鳥。現在，他的希望都被粉碎了！這是我們可憐的朋友第一次意識到等在他面前的試煉、苦楚與艱辛！哎呀，他正努力做一件根本不可能做到的事嗎？仙子是在跟他開玩笑嗎？他真的能找到青鳥嗎？他的勇氣似乎正一點一滴的消失呀……

更不幸的，是迪迪找不到之前那條筆直的路。地面上看不見任何一朵三色堇，他哭了起來。

還好，我們的小小朋友們不至於一直麻煩纏身，仙子應允光女士會守護著他們。第一個試煉結束了，就像發生在老夫婦家外面的情況，濃霧忽然消散。只是，霧後面出現的並不是寧靜溫柔的家居景象，而是一座神奇的宮殿，宮殿後方散發著一陣陣炫目的光芒。

光女士就穿著美麗的鑽石色洋裝站在宮殿門口。聽完迪迪敘述他第一段失敗的旅程，光女士回了他一個微笑。光女士明白這兩個小小孩在尋找什麼，因為她無所不知。她用愛擁抱所有生命，只是世上沒有一個生命對光回報足夠的喜愛，喜愛到完全接納光，並且因此知曉所有關於真理的祕密。現在啊，是有史以來第一次，多虧了仙子送給男孩的鑽石，光準備要接納一個人類的靈魂：

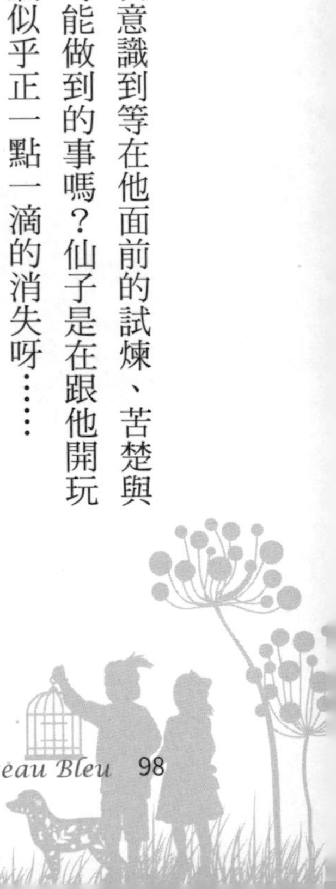

「別傷心！」光女士對孩子們說，「你們見到爺爺奶奶不是很開心嗎？那種幸福對這一天來說已經足夠了吧？你們讓老黑鳥復活，這不是很高興的事嗎？聽，牠的歌聲多麼美啊！」

老黑鳥的確盡全力歌唱著，牠在大籠子裡跳來跳去，小巧的黃色眼睛閃爍著愉快的光芒。

「親愛的孩子們，在你們尋找青鳥的途中，試著去愛你們在沿途發現的灰色鳥兒。」

光女士鄭重的點點優美的頭，很明顯，她知道青鳥在哪裡。只是生命充滿美麗的奧祕，我們必須尊重這些奧祕，否則就會毀滅它們。而且啊，如果光女士直接告訴孩子們青鳥在哪裡，嗯……他們就會找不到青鳥！等我講完這個故事時，再告訴你們究竟為什麼。

現在嘛，就讓我們的小小朋友們在光女士的守護下，在美麗的白雲上好好睡一覺吧。

4

夜之宮殿

過了幾天，孩子們和朋友們約好清晨碰面，準備前往夜之宮殿，希望可以找到青鳥。點名的時候，好幾個人都沒有回答：牛奶小姐沒辦法承受一丁點刺激，她決定不去；水小姐也請人代為轉達推託之辭——她旅行時一定得有青苔床，所以她現在已經累得半死，很怕自己會生病；至於光女士嘛，她打從世界誕生以來，向來就跟夜女士處得不好；而跟光女士有點親戚關係的火先生也一樣不喜歡夜女士。於是光女士親吻了孩子們，還告

訴羅羅該往哪個方向走，因為這次輪到羅羅帶隊了，於是這支小小隊伍便踏上了旅程。

你可以想像一下，親愛的羅羅踏步走在前頭。他用後腿走路，看起來就像個子小小的男人。他的鼻子揚得老高，舌頭垂到下巴底下，前腳彎在胸前。他惶惶不安、東聞聞、西嗅嗅、跑過來又跑過去，移動範圍簡直是實際上需要走動範圍的兩倍，但是他毫不在意這樣讓自己有多累。羅羅覺得自己太重要了，重要到讓他對途中的誘惑不屑一顧——他忽略垃圾堆、不去關注看見的任何東西，甚至略過所有老朋友們。

可憐的羅羅！變成人類讓他這麼開心，可是他其實沒有比以前快樂！想當然耳，對他來說生命根本沒有改變，因為他的本質沒有變啊。如果他的感覺和想法就像狗的感覺和想法，變成人又有什麼意義呢？事實上，他的煩惱反而增加了一百倍，因為現在他身上還多了沉重的責任感。

「啊！」羅羅嘆了一口氣說，其實他是盲目加入他的小神明們的搜尋行動，一刻也沒考慮到……旅程的終點也意味著他生命的終點。「啊，」他說，「相信我，要是讓我抓到那隻青鳥壞蛋，就算牠跟鵪鶉一樣可口又肥美，我還是連舌尖都不會碰牠一下！」

麵包先生嚴肅的提著籠子跟在後面，接著是兩個孩子，而糖果先生殿後。

可是貓咪在哪裡呢？想知道她為什麼缺席，我們必須往前回溯一點，看看她內心的想法。要動物和東西們到仙子宮殿的大廳開會時，蒂蒂正在構思一個延長旅程的大計畫，只是她並沒有想到她的聽眾有多笨。

「那些蠢蛋，」她心想，「差一點就要毀了這整件

通往夜之宮殿的道路漫長又危險。

事。他們竟然蠢到跪在仙子腳邊，彷彿犯了什麼罪似的。還是靠自己最保險，我一生訓練都仰賴學會懷疑。人類的生命還不是一樣……對別人坦承一切只會遭到背叛，最好是保持沉默，也不必講什麼信用。」

我親愛的小小讀者們，如你所見，貓咪和狗兒的狀況其實差不多：貓咪的靈魂根本沒有改變，只是延續從前存在的方式而已；不過，當然嘍，她很壞心，我們親愛的羅羅則是太好心了。於是啊，蒂蒂決定按照自己的方法行事，她想在天亮前去拜訪夜女士，畢竟夜女士是她的老朋友了。

通往夜之宮殿的道路漫長又危險。道路兩側都是懸崖，你得爬上爬下，還得不斷在高聳的岩石間攀爬，而且每顆石頭簡直都像在等著把路人壓得粉身碎骨。最後，總算抵達了一個黑暗的圓圈邊緣。接著，你必須從那裡再往下走好幾千個階梯，才會到達夜女士居住的黑色大理石地底宮殿。

貓咪曾經造訪過這裡，所以她沿著道路快跑，輕盈的如同一根羽毛。她的斗篷因為風而鼓脹，在她身後就像一面旗幟般飄揚，她帽子上的羽毛優雅的翩翩飛舞，小巧的灰色童靴看來彷彿根本沒有碰觸到地面。她很快就抵達了目的地，再彈跳幾下，就來到夜女士置身的宏偉大廳。

眼前的景象真是美好。夜女士如同女王般莊嚴神聖，她斜躺在寶座上睡覺，周遭就連一絲星星的光芒也看不見。不過我們知道夜不曾對貓隱瞞任何祕密，而且貓的雙眼足以穿透黑暗，所以蒂蒂望著黑夜時，就跟望著白晝沒有兩樣。

在喚醒夜女士以前，蒂蒂又深情的望了那張臉一眼，那張臉龐慈愛又親切，宛如月光般銀白，她堅定的面容既讓人恐懼，又叫人傾慕。透過長長的黑色紗幔，你可以約略窺見夜女士宛如希臘雕像般美麗的身形。她的手臂修長，還有一對巨大的翅膀。儘管此刻的夜女士正在歇息、捲起了翅膀，不過依然可以看見翅膀從肩一路延展到腳邊，讓她看起來無比神聖。儘管蒂蒂對她最好的朋友充滿了感情，但是這會兒她並沒有浪費太多時間盯著她看。這可是關鍵時刻，她已經沒有多少時間了。蒂蒂疲憊又厭倦，心裡很痛苦。她窩在夜女士的寶座台階邊，感傷的喵喵叫著：

「夜之母，是我啊！我真的快累死了！」

夜女士天性緊張，經常處於警戒狀態。她的美麗原本建立在安詳與休

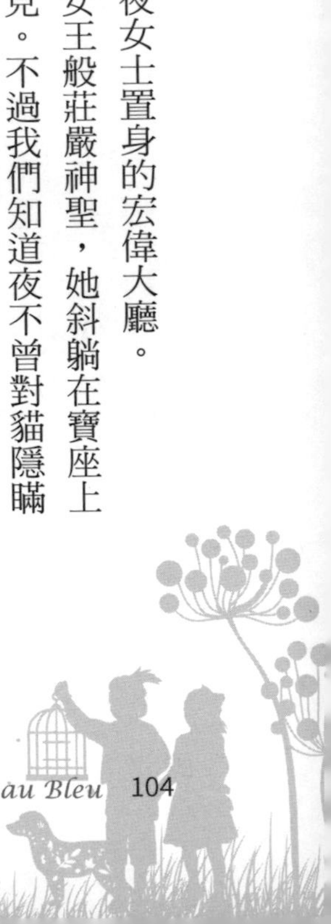

憩上，而且還主宰了靜默的祕密。她的生活很容易受到干擾——流星劃過天空、葉子飄落地面、貓頭鷹嗚嗚啼叫，一點小事都能撕扯她每晚在大地上鋪展的黑絲絨雲霧。所以夜女士全身發顫的坐起來時，貓兒並沒有把話講完。夜女士拍動著碩大的翅膀，用顫抖的聲音質問蒂蒂。而當夜女士一知道將面臨的威脅，就開始哀嘆自己的命運。什麼！人類之子要到她的宮殿來！而且也許會在魔法鑽石的幫助下，知曉她的祕密！她該怎麼辦？她會有什麼下場？她要怎麼自我防衛？這些刺激讓她忘了自己不該侵擾靜默（屬於夜晚的獨特神祇），反而發出了刺耳的尖叫聲。的確，這樣的騷動根本不可能解決她的麻煩。夜女士還算幸運，蒂蒂原本就很習慣人類生活中的紛紛擾擾和各種憂慮，所以早有防備。她搶在孩子之前抵達時，就已經想好一個計畫，並且希望能說服夜女士採納。貓兒簡短的解釋了她的計畫：「夜之母，我想到一個辦法：因為他們是小孩，我們得嚇嚇他們，讓他們不敢堅持打開大廳後面的那扇大門，因為所有月之鳥和青鳥都住在那裡啊。其他洞窟的祕密一定會嚇壞他們，我們的安全就仰賴您讓他們恐懼了。」

夜女士全身發顫的坐了起來。她拍動碩大的翅膀，用顫抖的聲音質問蒂蒂。

確實也沒有別的辦法了。不過夜女士也沒有時間回答，因為她聽見了一個聲音。夜女士美麗的五官縮成一團、翅膀憤怒的伸展開來，她的態度清清楚楚的告訴蒂蒂——她已經同意蒂蒂的計畫了。

「他們來了！」貓咪喊著。

小小的隊伍沿著夜之宮殿陰暗的樓梯向下大步行進。羅羅昂首闊步的走在隊伍最前端，迪迪則焦慮的四處張望。羅羅沒辦法安慰迪迪，因為儘管一切看來都非常宏偉，卻十分嚇人。試著想像一間巨大神奇的黑色大理石大廳，整座大廳卻散發嚴厲的氛圍與墓室般的光澤。你辨認不出天花板，環繞露天競技場的黑檀柱子筆直的延伸到天空。唯有等你抬眼向上看時，才會發現星星灑落的微光。最濃稠的黑暗鋪天蓋地的籠罩此地，黃銅大門的前方只有兩道火焰在夜女士的寶座兩側搖曳著。而從兩根柱子左右延伸，還有許多黃銅大門。

貓咪衝向孩子們：「小主人，往這邊，往這邊！……我已經稟告夜女士，她很樂意接見你們。」

蒂蒂輕柔的聲音和微笑讓迪迪重新找回了信心，他勇敢又有自信的走向夜女士的寶座，開口問好：「夜女士，日安！」

夜女士覺得男孩的話冒犯了她，因為「日安」讓她想起自己永恆的敵人光女士，於是心不甘情不願的回答：「日安？我可一點也不習慣呢！你可以說晚安，或者至少說聲傍晚好吧!?」

我們的英雄一點也沒有心理準備會起爭執，在這位充滿威嚴的女士面前，他覺得自己很渺小。他很快就努力展現最大的誠意請求她的原諒，溫柔的詢問是否能在她的宮殿裡尋找青鳥。

「我從來沒見過牠！牠不在這裡！」夜女士大喊，拍動著巨大的翅膀，想要嚇唬男孩。

可是，當男孩堅持自己的請求，看起來一點也不畏懼時，夜女士倒是開始對鑽石感到恐懼。她怕鑽石照亮她的黑暗，會完完全全毀了她的力量。夜女士認為最好假裝自己很慷慨，於是她立刻指著躺在寶座台階上的大大鑰匙。

迪迪毫不猶豫抓住了鑰匙，跑向大廳裡的第一扇門。

每個人都嚇壞了。麵包先生的牙齒不斷打顫，原本站得比較遠的糖果

先生怕得哀嚎，而小梅則大聲哭叫著：「糖果先生在哪裡？我要回家！」

這時候，臉色蒼白的迪迪堅定的試著開門。只聽見夜女士凝重的聲音從嘈雜間升起，她宣布了門後第一項危險的事物。

「裡面是鬼魂！」

「噢，天啊！」迪迪心想，「我從來沒有看過鬼魂！一定很恐怖！」

忠心耿耿的羅羅隨侍在迪迪身旁，他不斷喘氣，因為狗兒最討厭各種神祕或古古怪怪的東西了。

最後，鑰匙總算插進了鎖孔裡。靜默如同黑暗般濃稠又深重，沒有人敢大口吸氣。門開了，剎那之間，白色的身影就向四面八方逃竄。有些一直延伸到天空，有些纏繞在柱子上，還有一些沿著地面快速蠕動。他們有點像人，可是你又無法用眼睛辨別他們的五官。只要看著他們，他們就會變成一陣白色的煙霧。迪迪用盡全力追趕他們，因為夜女士還在配合貓咪所想出來的計畫，假裝自己被嚇壞了。事實上，數百年來，她一直是鬼魂的朋友，只要開口說句話，就能把他們趕回去，不過她小心翼翼的避免趕走他們，相反的，她狂亂的拍動翅膀，呼叫她所有的神祇，尖叫著說：

「快趕走他們！快點趕走他們！救命！救命啊！」

只是，人類早已完全不相信鬼魂的存在，而這些很少出現的可憐鬼魂實在太開心了，他們終於可以呼吸到新鮮空氣了！要不是因為他們很怕羅羅（因為他試著咬這些鬼魂的腳），是絕對不肯再回房間裡去的。

「汪！」當門總算關上時，狗兒大口喘著氣，「老天都知道，我的牙齒很利，可是我從來沒有見過那樣的傢伙！當你咬他們的時候，會覺得他們的腿是用棉花做的！」

不過接下來，迪迪走向第二扇門。他開口問：

「這扇門後面是什麼？」

夜女士打了一個手勢，就像在搪塞迪迪似的。這個頑固的小傢伙真的想要看遍這裡所有的東西嗎？

「我打開門的時候，要很小心嗎？」迪迪問。

「不必，」夜女士說，「不值得大驚小怪，裡面是疾病。他們很安靜，這些可憐的小東西！因為人類早已向他們宣戰！你自己開門看看吧……」

迪迪把門大大的敞開。他站在門前，驚訝得無言以對……裡面根本沒有東西啊……

當他準備關上門時，卻被一個穿著睡衣、戴著棉質睡帽的小個子推到一旁。這個小個子在大廳裡竄過來又竄過去，一面搖搖頭，還不斷停下來咳嗽、打噴嚏，還有擤鼻涕……還忙著套上拖鞋。她的拖鞋實在太大了，不斷從腳上滑落。糖果先生、麵包先生和迪迪不再害怕，反而大笑了起來。不過，雖然他們沒有很靠近這個戴著棉質睡帽的小小人兒，自己也開始咳嗽和打噴嚏了。

「這是疾病當中最無關緊要的一種，」夜女士說，「這是感冒。」

「噢，糟糕了、糟糕！」糖果先生心想，「如果我也開始流鼻水就完蛋了……我會融化的！」

可憐的糖果先生！他不曉得自己還能躲到哪裡去。自旅程開始以來，他就非常投入，因為他已經徹頭徹尾愛上了水小姐！可是這份愛為他招來了無窮的憂慮。水小姐非常喜歡打情罵俏，她喜歡得到許多關注，根本不太在意到底和誰混在一起；不過可憐的糖果先生發現……和水小姐混太久，就必須付出很高的代價，他每親水小姐一下，就拋棄了自己的一部分，

感冒搖頭晃腦，不斷停下來咳嗽、打噴嚏，還有擤鼻涕。

這下子他開始憂心自己還能活多久了。

迪迪突然發現自己被感冒攻擊了，他本來想直接逃走，還好我們親愛的羅羅及時救援，追著感冒這個小傢伙，把她趕回洞窟裡。迪迪和小梅一直大笑，他們開心的認為到目前為止，這場試煉還不算太糟。

於是男孩鼓起更大的勇氣跑到下一扇門邊。

「小心啊！」夜女士用嚇人的聲音喊著，「是戰爭！他們的力量比以前更大了！我連想都不敢想要是其中一位掙脫了，會發生什麼事！你們必須做好準備，一起把門推回去！」

夜女士還沒有交代完她的警告，我們大膽的小傢伙就對自己的魯莽行為感到後悔了。他無法關上門，一股抵擋不了的力量從門的另一邊推擠過來，鮮血從門縫流了出來、火焰迸射，喊叫聲、效忠的誓言與呻吟聲，還有大砲的怒吼以及步槍的射擊聲全都混在一起。夜之宮殿裡的人全都不知所措的到處逃竄——麵包先生和糖果先生很想溜走，卻找不到出口，他們跑回迪迪身邊，絕望的把肩膀抵在門邊。

貓咪假裝自己很緊張，心裡卻偷偷高興著。

「這應該就是結局了吧，」她捲起鬍鬚說，「他們應該不敢再繼續下去了。」

親愛的羅羅發揮了超人般的努力幫助了他的小主人，小梅則站在角落哭泣。

最後，我們的英雄發出勝利的大喊。

「萬歲！他們屈服了！我們贏了！我們贏了！門終於關上了！」

同一時間，迪迪倒在階梯上，覺得筋疲力盡，可憐的小手輕觸著額頭，還不斷的發抖。

「如何？」夜女士冷酷的說，「這樣夠了嗎？你看見他們了嗎？」

「看見了，看見了！」小傢伙一邊啜泣一邊回答，「他們既可怕又討厭……他們不可能擁有青鳥……」

「他們當然沒有啦，」夜女士憤怒的回答，「如果青鳥在他們手上，他們一定會立刻吃掉青鳥……你看得出來吧，我們根本什麼忙也幫不上……」

迪迪驕傲的挺起身子說：

「我必須檢查所有房間，」他說，「光女士是這樣說的⋯⋯」

「說得真簡單，」夜女士反脣相譏，「害怕的人總是嘴上說說，然後躲在家裡！」

「我們到下一扇門邊去吧，」迪迪堅定的說，「裡面有什麼？」

「我讓陰影和恐懼待在裡面！」

迪迪思考了一下。

「說到陰影嘛，」他心想，「夜女士是在跟我開玩笑吧。我都已經在她這間屋子裡待了一個小時以上了，還沒有看到陰影嗎；如果能再見到日光，我倒是很開心呀。至於恐懼嘛，如果他們是類似鬼魂那樣的東西，豈不是更好笑了！」

他的同伴還來不及抗議，我們的朋友就把門打開了。而大家早已跌坐在地板上，還因為先前的驚嚇而感到筋疲力盡。他們吃驚的看著彼此，很高興在經歷過這樣的恐懼後自己還活著。就在這個時候，迪迪把門推開，結果什麼都沒有跑出來。

「裡面沒有人！」他說。

「有，當然有！他們就在裡面！看清楚呀！」夜女士說，她還在假裝自己很害怕。

夜女士覺得很憤怒。她原本希望恐懼可以好好嚇嚇他們的，只是你看，這些長久以來一直被人類冷落的可憐傢伙，現在竟然害怕起人類來了！夜女士好言相勸，不斷鼓勵他們，最後總算哄騙出幾個覆著灰色紗簾、高䠷的傢伙。他們開始沿著大廳不斷奔跑，但是當他們聽見小孩的笑聲，又突然充滿恐懼，於是立刻衝回了門後。夜女士覺得自己的努力失敗了，令她害怕的時刻就快要到來，眼看迪迪已經朝大廳盡頭的那扇大門移動，他們最後交換了這幾句話。

「別開那扇門！」夜女士用敬畏的語調說。

「為什麼不要開？」

「因為那是不被允許的！」

「那青鳥就藏在那裡！」

「別再往前走！不要挑戰命運！不准打開那扇門！」

「可是為什麼？」迪迪繼續固執的問道。

夜女士被他的堅持給激怒了。她大發雷霆，脫口對他拋出最可怕的威脅，最後還說：「凡是打開過那扇門的人，從來沒有人能活著回去見到日光！也就是說你會死！聽著，如果你堅持要碰那扇門……世界上，人們所描述過的所有恐懼、害怕與不安，都比不上等在那扇門後的東西！」

「親愛的主人，別開門啊！」麵包先生牙齒打顫的說，「別開門啊！請憐憫我們吧！我跪下來請求您呀！」

「你會害我們全都死去！」貓咪也附和。

「我不要！我才不要！」小梅啜泣著。

「可憐我們！可憐我們啊！」糖果先生一邊絞弄著手指，一邊哀號。

所有人都擠在迪迪身邊哭泣或哭喊。只有羅羅，因為尊重他小主人的願望，一個字也不敢說，儘管他已經認定自己的末日就要來臨。兩顆碩大的淚珠沿著他的臉頰滾落，他絕望的舔著迪迪的手。那幅景象真的非常動人，使我們的英雄猶豫了那麼一會兒。迪迪的心狂亂的跳動著，他的喉嚨因為痛苦而乾渴。他試著說話，卻發不出聲音。此外，他不想在這一群無助的夥伴面前表現出脆弱的一面！

「如果我的能力不足以完成任務，」他告訴自己，「那麼還會有誰有辦法完成呢？我可以決定要不要讓朋友知道我的痛苦，那樣他們就不會讓我完成這項使命，我也就永遠找不到青鳥！」

這麼一想，男孩的心情稍微平復了一點，他善良的天性開始質疑自己……知道幸福就在咫尺，卻不努力嘗試得到它似乎是不行的，應該努力試試看，最後把幸福帶給全人類！

於是迪迪終於打定主意！他決定犧牲自己！他就像一位真正的英雄，興奮的揮舞著沉重的金鑰匙，大喊：「我得打開這扇門！」

他跑到大門前，羅羅跟在他身邊不斷喘氣。可憐的狗兒已經怕得半死，可是他的驕傲以及對迪迪忠心耿耿的付出，讓他壓抑了自己的恐懼：「我要留下來！」羅羅對主人說，「我不怕！我要跟我的小神明待在一起！」

這時候，所有人早就一溜煙逃走了。躲在柱子後面的麵包先生裂成碎屑；糖果先生抱著小梅窩在宮殿角落裡，可是自己正一點一滴的融化；至於氣得渾身發抖的夜女士和貓咪呢，他們待在大廳最遠的那端。

最後，迪迪親了羅羅一下，將他擁入懷中，然後毫不畏懼的將鑰匙插進鎖孔裡。我們的逃亡者各自尋找掩護，恐懼的嚎叫聲從大廳每個角落傳來。不過，魔法開啟了我們的小小朋友面前的兩扇門扉，而迪迪也因為欽慕和愉悅，驚訝得無法動彈。多麼細緻的驚奇呀！他的前方鋪展開一座美好的花園，各種花朵在這座夢想般的花園裡綻放，如星光般閃耀。花園裡還有從天空疾衝而下的瀑布，以及被月亮裹上銀色衣裳的樹木。在一叢叢玫瑰間，繚繞著藍色雲朵般的東西。迪迪揉揉眼睛，他簡直不敢相信自己看見的。他等了一會兒，又再看了一次，然後發瘋似的衝進花園大喊：「你們趕快來！趕快來！牠們在這裡！我們終於找到牠們了！這裡有好幾百萬隻青鳥！不止不止，還有更多更多！小梅，快來！羅羅，快來呀！大家過來！幫幫我！你們可以大把大把的抓住牠們啊！」

迪迪的朋友們總算放下心來，大家紛紛衝進鳥群之間，比賽看誰能抓到最多隻鳥兒。

「我抓到七隻了！」小梅喊著，「可是牠們滑溜溜的！」

「我也沒辦法一直抓著牠們！」迪迪說，「我抱住太多隻鳥了！牠們

迪迪的前方鋪展開一座美好的花園，各種花朵在這座夢想般的花園裡綻放，如星光般閃耀。

一直逃走！羅羅也抓到一些鳥了！我們出去吧，趕快出去吧！光女士在等我們呢！她一定會很高興！往這邊走，快點往這邊走！」

他們全都跳起舞來，開心的蹦蹦跳跳，一邊走，一邊唱著勝利的歌曲。

夜女士和貓咪沒有一同歡慶，她們焦慮的溜回大門邊。夜女士哀號著：「他們沒有抓到青鳥吧？」

「沒有，」貓咪說，她看見真正的青鳥高高盤踞在一縷月光旁，「他們搆不到的，牠停的位置太高了……」

我們的朋友全力往無數的台階上方跑，前方就是日光的方向了。每個人都抱著自己抓到的鳥兒，完全沒有想到他們每朝光跑一步，就會對這些可憐的東西造成致命的影響。所以，當他們來到樓梯最頂端，手上抱著的不過是死鳥而已。

光女士焦急的等著他們。

「你抓到青鳥了嗎？」她問。

「抓到了，抓到了！」迪迪說，「很多很多喔！有好幾千隻！妳看！」

他一邊說，一邊讓光女士看看手上可愛的鳥兒，可是讓他驚恐不已的事情發生了！這些鳥兒全都成了沒有生命的屍體——牠們可憐的小翅膀折斷了，頭悲哀的垂了下來！男孩絕望的轉向夥伴們。他們抱著的，也全都是死去的鳥兒！

迪迪在光女士的懷裡啜泣，所有希望又再次被粉碎。

「我的孩子，別哭！」光女士說，「你還沒抓到那隻可以在日光下繼續活著的青鳥……我們還要繼續尋找……」

「那當然，我們會找到牠的。」麵包先生和糖果先生異口同聲的說。他們其實都有點傻，可是他們想安慰男孩。至於羅羅這個好朋友嘛，他大受打擊，甚至有這麼一刻暫時忘了自己的尊嚴。他看著死去的鳥兒高喊：「不知道牠們好不好吃？」

一行人又往回走，準備睡在光女士的宮殿。真是一趟悲慘的旅程，大家都很想念在家的安寧時光，也怪迪迪太不小心。糖果先生靠在麵包先生耳邊低聲說：「主席先生，你不覺得這一切波折都毫無意義嗎？」

這時候，因為受到這麼多關注而心花怒放的麵包先生用相當自負的口氣回答：「我親愛的夥伴，你不必擔心，我會讓所有事情撥亂反正。如果我們得聽命於那個荒唐小子，按照他異想天開的主張行事，我們的生活一定會變得無法忍受！明天，我們就一直待在床上別理他好了！」

不過，他們好像忘了，要不是有這個他們現在拚命嘲笑的男孩，他們根本就沒辦法活過來啊！還有，如果迪迪突然叫麵包先生回到烤盤去被人吃掉，又告訴糖果先生他得被切成一小塊一小塊，讓爸爸的咖啡變甜，或者做成媽媽的糖漿，他們一定會跪在這位恩人腳邊，懇求他的饒恕。事實上，如果他們沒有遭遇厄運，根本就不懂得對自己的好運心存感激。

可憐的傢伙們！這也不能怪他們呀，貝麗呂仙子送他們人類生命這個禮物時，應該要多加一點智慧的！畢竟他們也不過是跟隨人類的先例罷了——有能力開口說話，他們就瞎說；有辦法做出評價，他們就輕視別人；能夠感覺，他們就拚命抱怨。他們的心根本沒有讓他們更快樂，反而平添了恐懼感。至於他們的腦子嘛，本來可以幫助他們輕易調整好其他面向的事情卻很少使用，使得這些腦袋幾乎快要生鏽了。還有啊，如果可以掀開他們的頭，看看他們頭腦裡面的主意，你就會看到這些可憐兮兮的腦袋瓜呀（原本應該是他們最寶貴的財產！），跟著他們的每個行動跳來跳去，還在他們空洞的骨骼裡嘎嘎作響，就像豆莢裡的乾燥豆子似的。

幸運的是，多虧了光女士高人一等的洞見，她早就知道每個人的心態了。因此，她決定，接下來的旅程不必讓這些東西們參與太多了。

「他們有一些用處，」光女士想著，「可以在途中讓孩子們不會餓肚子，還可以提供他們娛樂；可是他們不能再參與試煉了，因為他們既不勇敢，信念也不堅定。」

大家繼續往前走，路變寬了，而且閃耀著光芒。光之宮殿就矗立在路的盡頭，在一座宛如水晶的山頂上發散著亮光。疲憊的孩子們請狗兒輪流把他們揹在背上，等他們抵達發光的階梯時，也幾乎快要睡著了。

5

未來王國

第二天早晨，迪迪和小梅非常開心的醒來。因為他們是孩子，馬上就把失望的感覺拋在腦後。光女士之前稱讚過迪迪，讓迪迪感到很自豪。她似乎很高興，感覺就像迪迪已經把青鳥帶回來似的。

光女士一邊撫摸著男孩深色的鬈髮，一邊微笑著說：「我好開心！你真是個勇敢的好男孩，你很快就會發現你尋尋覓覓的東西。」

迪迪並不明白光女士話中深層的意義，可是聽到她這麼說，他還是很高興。而且光女士還答應他，今天的新旅程沒有什麼好擔心的。相反的，他會遇見好幾百萬個小孩，他們會與他分享最棒的玩具點子，這些想法可是全地球的人想都沒有想過的唷。光女士也告訴迪迪，這次他和妹妹會單獨與她一起旅行，其他人都會留在原地休息。

這就是為什麼在我們這一章開始時，他們全都在宮殿的地下拱頂房間見面。其實光女士認為，最好把這些東西和元素都關起來，因為她知道，如果放任他們想怎麼樣就怎麼樣，他們很有可能會逃跑，反而更有可能會受傷。這樣做其實也不算太殘酷，因為她宮殿裡的拱頂房間實際上比地面上的人類屋子更明亮又可愛，只是沒有她的允許，就不能出去。她只要揮舞一下魔杖，就有辦法拓寬空間，可以讓走廊盡頭那座翡翠牆上的一小道縫隙變大，讓你從那裡走下水晶階梯，來到一個如同森林般翠綠又透明的洞穴，看見陽光從枝頭灑落。

這座大廳通常都空空蕩蕩的，可是現在放了沙發，還有一張放滿水果、蛋糕、奶油與美酒的黃金桌子。這些東西可是光女士的僕人剛剛才擺上去的呢。光女士的僕人真的好奇怪，總是讓孩子們哈哈大笑——他們穿著長長的白色綢緞洋裝，戴著小小的黑色帽子，頭頂還有一道火焰，看起來就像點燃的蠟燭。女主人叫僕人們離開，接著要求動物們和東西們都乖乖的，還問他們需不需要一些書本和可以玩的遊戲；他們笑著回答：只要待在原來的地方就很開心了，因為沒有什麼事情會比吃吃睡睡更有趣。

羅羅的想法當然跟其他人不一樣。比起貪心或懶惰，他的心的影響力要大多了。他用大大的深色眼睛懇求的望著迪迪。要不是因為光女士嚴格禁止這件事，迪迪當然很樂意帶著他忠實的夥伴同行。

「我實在沒辦法，」男孩說，同時親了羅羅一下，「我們要去的地方好像不准狗兒進去。」

羅羅突然高興的跳了起來，因為他想到了一個好主意。他還沒有拋開現實的狗兒生活太久，所以並沒有忘記當時的點點滴滴，尤其是他的困擾。他最大的困擾是什麼？不就是狗鍊嗎？羅羅被拴上鐵鍊熬過了多麼痛苦的光陰啊！以前伐木工人會帶他到鎮上，而且總是蠢到不行的在大家面前用狗鍊拴著他。羅羅忍受了多少屈辱！這種做法也剝奪了他和朋友們打招呼還有在每個街角到處嗅嗅聞聞的樂趣。

光女士的僕人真的好奇怪。

「嗯，」羅羅對自己說，「我決定再忍受那種羞辱人的酷刑一次，好陪我的小神明一起去！」

羅羅忠於自己的過去，他雖然穿著好衣服，卻還是保留了項圈，不過上面沒有狗鍊。該如何是好呢？他再度陷入絕望。這時候，他看見水小姐躺在一張沙發上玩耍，她心不在焉的把玩著手上的珊瑚串。羅羅盡力用最好看的姿態奔向她，向她獻上了一堆讚美，懇求她把最大一條項鍊借給自己。水小姐的心情很好，不只答應借他項鍊，還好心幫他把珊瑚串的尾端綁在項圈上。羅羅愉快的奔向主人，把項鍊做的狗鍊遞給他，跪在他的腳邊說：「我的小神明，你就這樣帶我一起去吧！人類不會對拴著狗鍊的可憐狗兒多說什麼的！」

「哎呀，就算這樣你還是不能去！」光女士說，她其實深深被羅羅這種自我犧牲的行為感動；為了幫羅羅打氣，她告訴羅羅——命運很快就會給孩子們一個考驗，到時候羅羅將大大幫助他們。

光女士說這些話時，也按下了翡翠牆面。牆壁打開了，讓光女士和孩子們一起通過。

光女士的馬車在宮殿入口外面等待著。馬車的骨架是玉製成的，上面還鑲嵌著黃金。他們三個都在位置上坐好以後，就由兩隻大白鳥拉起馬車、飛越雲端。馬車的速度很快，整個行程花不了多少時間。孩子們很失望，因為他們很享受搭馬車的時光，笑得非常開懷。不過，接下來還有其他美麗的驚喜正等著他們呢。

身旁的雲朵消失無蹤，接著，他們突然發現自己置身於一座耀眼的天藍色宮殿。這裡的一切都是藍色的——光線、地面的石板、柱子、拱頂……所有的一切！包括最小的物品在內，全部都是濃濃的、仙子般的藍色。你看不見宮殿的盡頭，因為眼睛早就迷失在這無垠的天藍色美景中。

「這裡的一切也太可愛了吧！」迪迪說，驚訝的感覺實在揮之不去，「我的天呀，我好喜歡唷！我們現在在哪裡呀？」

「我們在未來王國。」光女士說，「我們周圍都是還沒有被生下來的孩子。既然鑽石可以讓我們清楚看見這個區域裡藏起來、不想被人找到的東西，說不定我們可以在這裡找到青鳥……快看，好多小孩正往這裡跑來！」

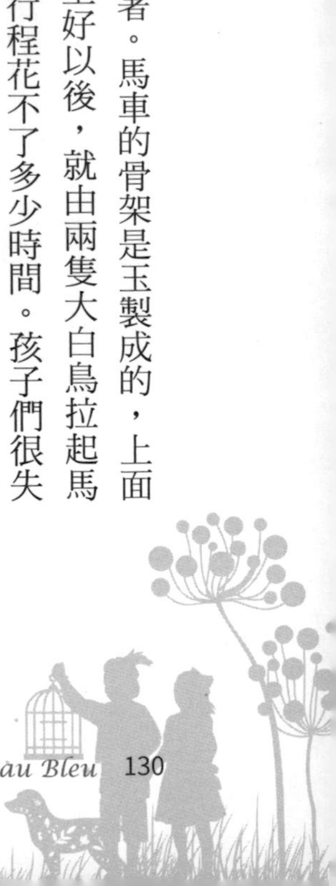

四面八方跑來好多好多小孩子，從頭到腳都穿著藍色衣物的小孩。他們的頭髮很漂亮，有的是金色，有的是深色，每個孩子都長得精緻又美麗。他們開心的大喊：「是活生生的小孩耶！快來看這些活生生的小孩！」

「他們為什麼要叫我們『活生生的小孩』？」迪迪問光女士。

「因為他們還沒有出生。他們在等待出生的那一刻，所有準備在地球上誕生的孩子都從這裡出發。你可以看到，當爸爸媽媽們想要孩子時，後面那扇大門就會打開，孩子們就可以下去凡間……」

「他們有好多人呀！實在太多了吧！」迪迪喊著。

「還有更多小孩呢，」光女士說，「根本不可能數得清。不過再往前走一點吧，你還會看到其他東西。」

迪迪按照光女士所說的話，努力往前走。不過他很難移動，因為一群藍色小孩把四周擠得水洩不通。最後，我們的小朋友總算想辦法踏上一個台階，越過成群好奇的腦袋瓜，看見大廳裡不同的角落到底發生了什麼事。實在是太神奇了！迪迪從來沒有想過會有這樣的事！他開心的手舞足蹈，靠在他身邊的小梅也踮起腳尖，這樣她才看得見。小梅拍著小手，因為眼前的奇妙景象而大喊大叫。

他們身邊是好幾百萬個穿著藍色衣服的小孩，有些正在玩，有些走來走去，或者看起來正在想事情。很多小孩在睡覺，也有很多小孩在工作。他們的樂器、他們的工具、他們正在打造的機器……還有他們正在種植或採摘的植物、花朵或水果，全都跟宮殿一樣是明亮的天藍色。有一些長得很高的人在孩子們身旁穿梭，他們也穿著藍色的衣服。他們長得很美，就像天使。他們微笑著來到光女士的身邊，溫柔的把藍色小孩們推開，那些藍色小孩就安靜的繼續做自己之前正在做的事情，只是用驚奇的眼睛看著我們的朋友。

不過，有個小孩依舊站在迪迪附近。他的個子很小，長長的天藍色絲質洋裝下探出兩隻小巧粉紅的光腳丫。他好奇的盯著眼前活生生的小男孩，接著似乎不由自主的走向迪迪。

「我可以跟他講話嗎？」迪迪問，覺得開心又害怕。

「當然可以呀，」光女士說，「你必須交朋友……我讓你們兩個獨處，單獨聊天可能會比較自在……」

她說完就走開了，留下兩個小孩面對面害羞的微笑著。突然，他們開口講話了：

「你好嗎？」迪迪向小孩伸出手。

不過小孩不懂他的意思，還是一動也不動的站著。

「那是什麼？」迪迪繼續說，一邊摸了一下小孩的藍色洋裝。

小孩依舊全神貫注的盯著眼前的東西。他沒有回答，卻大膽的用手指碰了一下迪迪的帽子。

「這個呢？」小孩口齒不清的說。

「這個？這是我的帽子。」迪迪說，「你沒有帽子嗎？」

「沒有，是做什麼用的？」小孩問。

「是用來說：『你好嗎？』」迪迪回答，「還有冷的時候可以用啊……」

「那是什麼意思？冷的時候？」小孩問。

「就是你像這樣發抖的時候啊，嗚！嗚！」迪迪說，「你的手臂會像這樣抖動喔！」他充滿活力的用手臂敲擊著身體。

「地球上很冷嗎？」小孩問。

「對呀，有時候很冷，冬天沒有柴火的時候就很冷。」

「為什麼會沒有柴火？」

「因為很貴啊，買木柴要花錢……」

小孩又看著迪迪，彷彿完全聽不懂迪迪所說的話；這下子換迪迪覺得驚奇了。

「看起來，日常生活中最普通的事情，他都不知道。」我們的英雄心想。這時候，小孩則是相當佩服的盯著很懂地球上的事情的「活生生的小男孩」。

接著，他問迪迪「錢」是什麼。

「啊，就是你用來付錢的東西呀！」迪迪說，不屑繼續解釋下去了。

「噢！」小孩嚴肅的說。

他當然不懂嘍。他怎麼可能懂呢，像這樣住在天堂的小男孩，在還沒有學會用言語表達自己的心願前，就連最微小的心願，都能輕輕鬆鬆實現。

「你幾歲了？」迪迪問，試著延長他們的對話。

「我快要出生了，」小孩說，「我再過十二年就要出生了……出生在這個世界上是不是很棒？」

「噢，對呀，」迪迪根本沒有經過思考就喊著，「很好玩唷！」不過，小男孩問他這些年怎麼度過的時候，他覺得不知所措。因為他的自尊心不容許當別的小孩在場時，自己卻回答不出問題。看迪迪那副模樣，其實相當滑稽——他把手插在屁股後方的口袋裡，雙腿開開的、臉仰得高高的，似乎一點也不急著回答。最後啊，他總算聳聳肩膀回答：「我才不記得哩！那麼久以前的事情了！」

「他們說地球和活生生的人類都很可愛！」小孩說。

「對，是不錯啦。」迪迪說，「有鳥兒、蛋糕還有玩具……有些人全部都有，不過什麼都沒有的人可以看看其他人的東西！」

這種看法讓我們了解了我們小小朋友的性格。他相當自豪，甚至有一點趾高氣揚；可是他從來不會嫉妒別人，而且他雖然家境貧窮，卻天性慷慨，所以他能欣賞其他人的好運。

兩個小孩又聊了很多其他事情，不過要把他們講的話都告訴你，會花太久的時間，而且他們聊的事有時候只有他們自己才覺得有趣。過了一會兒，原本遠遠看著他們的光女士突然有點緊張的快速走向他們，因為迪迪在哭，大顆大顆的淚珠從臉頰滑落，滴在他時髦的外套上。光女士立刻就知道迪迪聊起了他的奶奶，只要一想起他失去的這份愛，迪迪就會哭。他正把頭別開，想隱藏自己的感覺，可是那個好奇的小孩還是不斷追問：

「奶奶們會死掉嗎？死掉又是什麼意思啊？」

「就是他們某天晚上離開後就不會再回來了。」

「你奶奶離開了嗎？」

「對，」迪迪說，「她對我很好。」

說完這句話，這個可憐的小傢伙又哭了起來。

藍色的小孩從來沒有看過任何人哭，他住在一個悲傷並不存在的世界。於是他驚訝的高喊：「你的眼睛怎麼了？它們在製造珍珠嗎？」

對他來說，那些眼淚是美好的東西。

「不是，這不是珍珠。」迪迪不好意思的說。

「那它們是什麼？」

我們可憐的朋友不想承認被自己視為弱點的表現，他有點笨拙的揉揉眼睛，說一切都是宮殿的藍太耀眼的關係。

疑惑的小孩繼續堅持：「可是你臉上掉下來的是什麼東西？」

「沒有啊，只是一點水而已。」迪迪不耐煩的說，巴不得能別再解釋下去了。

可是那是不可能的。小孩非常固執，他用手指碰碰迪迪的臉頰，用好奇的語氣問道：

「那是從眼睛裡流出來的嗎？」

「對，有時候啦，如果你哭的話。」

「哭是什麼意思？」小孩問。

「我又沒有哭。」迪迪驕傲的說，「都是那種藍色的錯！不過，如果我哭的話，從眼睛流出來的也是一樣的東西……」

「你們在地球上常常哭嗎？」

「小男孩不會啦，可是小女孩會……你們在這裡都不會哭嗎？」

「不會啊，我不知道要怎麼哭……」

「這樣啊，你以後就知道了……」

就在那一刻，一陣強風讓迪迪轉過頭去，他看見離自己幾步遠的地方出現了一台很大的機器。因為他一直在注意眼前的小孩，所以一開始沒看見那台機器。那台機器豪華又神奇，不過我沒辦法告訴你機器的名稱，因為未來王國的所有發明都要等到出現在地球上，人類才會幫它們取名字。我只能說，當迪迪看著機器時，認為在他眼前快速颼颼揮動、巨大的天藍色翅膀，就像在他世界裡的風車，而且他認為就算找到青鳥，青鳥的翅膀肯定不會比這台機器的翅膀更細膩、更小巧玲瓏，或者更炫目。他羨慕不已的詢問新朋友眼前這是什麼東西。

「那個嗎？」小孩說，「那是為將來我要在地球上發明的東西做準備。」

小孩看見迪迪把眼睛睜得大大的、盯著機器看，繼續說道：

「等我到地球的時候，我會發明讓人類快樂的東西……你想看嗎？就在那邊，在那兩根柱子之間……」

迪迪轉身去看，可是所有小孩湧向他，大喊著：

「不要啦，不要啦，來看我的嘛！」

「不要啦，我的東西比他的棒多了！」

「我的發明很厲害唷！」

「我的發明是用糖果做的喔！」

「他的才不好呢！」

「我會發明一種沒有人見過的光唷！」

最後一個小孩這樣說，並用一種獨一無二的光線照亮自己全身。

在此起彼落、歡樂的驚呼之間，兩個活生生的小孩被拖向一間接著一間藍色工作坊。每個小小發明家都讓自己的機器不斷運轉，只見藍色的圓盤、藍色的滑輪、藍色的皮帶、飛輪、駕駛輪、齒輪，還有各式各樣的輪子全都轉個不停，讓各式各樣的機器一一掠過地面，或是衝上天花板。其他的藍色小孩們攤開地圖或計畫書，或者翻開厲害的大大書本，還有一些小孩向他們展示天藍色的雕像，或者拿著彷彿以藍寶石或綠松石製成的巨大花朵和超級碩大的水果。

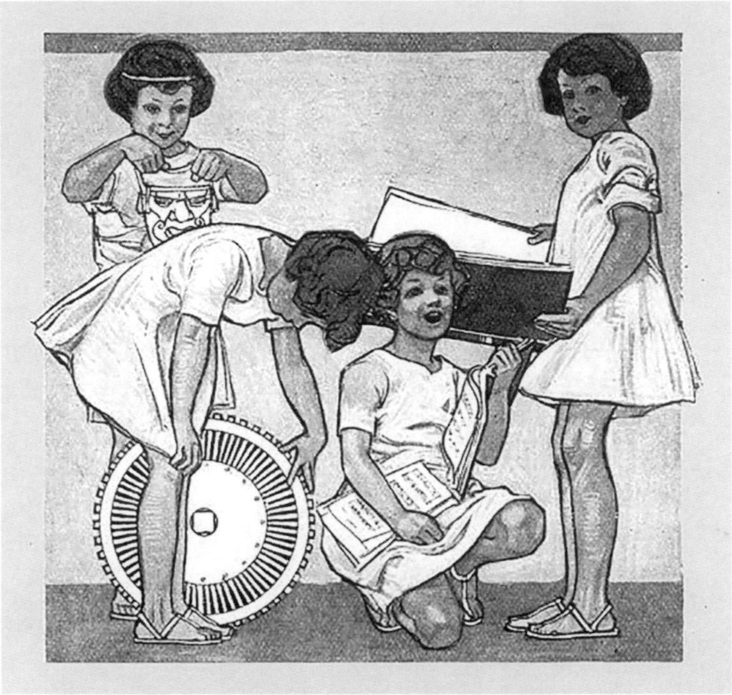

有些藍色小孩們翻開厲害的大大書本。

我們的小小朋友們把嘴巴張得大大的、緊握雙手站著，覺得自己簡直置身在天堂。小梅把身子往前彎，看著一朵巨大的花朵，她對花托大笑，花托就像藍色的絲質斗篷似的罩住了她的頭。一個深色頭髮、眼眸深邃的漂亮小孩握著花莖，很自豪的說：「等我到地球上的時候，所有花朵都會像這樣生長！」

「那會是什麼時候呀？」迪迪問。

「再五十三年四個月又九天以後。」

接著，來了兩個因為扛著很重的柱子而彎著身子的藍色小孩。他們的柱子上掛著一串葡萄，每顆葡萄都比梨子還要大。

「一串梨子！」迪迪大喊。

「不是啦，這是葡萄。」小孩說，「等我三十歲的時候，葡萄都會長成這個樣子。我已經找出辦法了⋯⋯」

迪迪很想嘗嘗看，可是另一個小孩已經來了。有一位高高的大人正幫他一起抬一只籃子，小孩的身體被籃子遮住了，幾乎看不見。這個頭髮很美、臉色粉紅的小孩從垂掛在柳條籃子上的葉片間露出微笑。

另一些藍色小孩們攤開地圖或計畫書，或是帶來巨大的花朵。

「你們看！」他說，「看看我的蘋果……」

「那些是甜瓜啦！」迪迪說。

「不對啦，不對啦！」小孩說，「是我的蘋果！等我在地球上生活時，蘋果就會長這樣！我已經知道要怎麼改造了！」

如果我試著對小讀者們描述出現在我們的小英雄眼前、美好又不可思議的每一樣東西，絕對講也講不完。可是大廳裡突然響起一陣很大的笑聲，有個小孩提起了九大星球的國王。迪迪覺得很疑惑，便四處張望。這時候，所有綻放亮麗笑容的臉龐全都轉頭望向一個迪迪看不見的位置，每根手指都指向同一個方向，只是我們的朋友完全看不見他們在看什麼。他們提到一位國王耶！迪迪試圖尋找一尊寶座，寶座上坐著一位高䠷又尊貴的人，應該還拿著金色的權杖。

「就在那邊……就在那邊……再低一點點……在你後面呀！」一千個小小聲音齊聲說著。

「可是國王在哪裡呀？」迪迪和小梅很好奇的重複問著。

突然，從其他人悅耳的呢喃聲間傳出一個比較宏亮又嚴肅的聲音。

「我在這裡！」這個聲音驕傲的說。

在同一時刻，迪迪看見了他之前沒有交談過的胖嘟嘟寶寶，因為他個子最小，而且始終坐在一根柱子邊，一副對所有事情漠不關心的神情，看起來似乎沉浸在自己的冥想裡。小小國王是唯一毫不關注「活生生的小孩」的人。他的眼睛很美、水汪汪的，這雙與宮殿同樣湛藍的眼睛正在追逐著數不盡的夢想。他用右手撐著頭——原本就因為思考而非常沉重的頭；他穿著短袍、露出膝蓋，金色皇冠就戴在黃澄澄的鬈髮上。當這個寶寶一喊：「我在這裡！」時，就從他本來坐著的地方站了起來。他試著跨一大步站上台階，可是動作卻笨拙到重心不穩，往前摔倒。不過，他立刻莊嚴的站了起來，所以沒有人敢取笑他。接著，他四肢並用的讓自己站穩，腿跨得開開的，再把迪迪從頭到腳用目光掃射一回。

「你很小欸！」迪迪說，用盡全力不讓自己笑出聲來。

「等我長大，會做很偉大的事！」國王用不容置疑的語氣反駁。

「那你會做什麼事呢？」迪迪問。

「我會建立太陽系聯邦，」國王用很自大的口氣說。

國王的話，讓我們的朋友太佩服了，佩服到一時之間說不出話來。國王繼續說：「所有星球都會加入，除了天王星、土星和海王星以外，因為這幾個星球實在遠得太荒謬了。」

話一說完，他就搖搖晃晃的離開了台階，恢復一開始的態度，擺明了該說的話都已經講完了。

迪迪沒有打擾他繼續冥想，他迫不及待、想認識愈多小孩愈好。他們介紹給迪迪認識的小孩包括：新的太陽發現者、新的喜悅發明者、消滅地球上所有不公的英雄、征服死亡的智者……小孩的人數實在太多了，要全部講一回不曉得要花上多少日子呢。我們的朋友很累了，也開始覺得有點無聊。這時候，有個小孩呼喚的聲音引起他的注意：

「迪迪！迪迪！你好嗎？你好嗎？」

一個小不點藍色小孩從大廳後面推開群眾跑了過來。他帥氣又苗條，眼睛很明亮，長得很像小梅。

「你怎麼知道我的名字？」迪迪問。

「這又不奇怪，」藍色小孩說，「我以後會是你弟弟！」

這次輪到活生生的兩個小孩驚奇不已了。多麼奇特的會面呀！等他們一回家，一定要馬上告訴媽媽這件事！他們一定會大吃一驚！

當他們還在想著這些事時，小孩就開口繼續解釋了：

「我明年就會去找你們了，就在復活節前的星期日。」他說。

他倒是對他的大哥哥提出了一連串問題：家裡舒適嗎？食物還好嗎？爸爸會不會很嚴格？媽媽呢？

「噢，媽媽對我們最好了！」兩個小小孩說。

接下來，換他們問他問題了：他要在地球上做什麼呢？他會帶什麼來？

「我會帶來三種疾病……」小弟弟說，「猩紅熱、百日咳和麻疹……」

「噢，就只有這些嗎？」迪迪喊著。

他很失望的搖搖頭，未來的弟弟繼續說：

「接下來，我就會離開你們！」

「這樣根本不值得來一遭啊！」迪迪惱怒的說。

「我們又不能自己選擇！」小弟弟不開心的說。

要不是這時候有一群藍色小孩急急忙忙要去見什麼人，把他們分開了，他們八成不必等到一起出現在地球上就要吵起來了。這時，出現很大聲的噪音，彷彿迴廊盡頭幾千扇隱形的門都被打開了。

「發生什麼事了？」迪迪問。

「是時間，」一個藍色小孩說，「他要開門了。」

到處都瀰漫著興奮的氣息。小孩們紛紛離開他們的機器和工作，原本在睡覺的小孩都醒來了，每雙眼睛都熱切又焦急的轉向屋子後面的蛋白石大門，每張嘴巴都重複唸著同一個名字。四處迴響著「時間！時間！」的呼喚，巨大的神祕聲響也持續著。迪迪實在太想知道這到底是怎麼一回事，最後，他抓住一個小孩洋裝的裙襬，追問他這件事。

「讓我走嘛，」小孩很不自在的說，「我在趕時間啦，今天可能會輪到我耶……太陽已經升起來了，今天要出生的小孩就是在這個時候到地球去報到……你待會兒就會看到了……時間老人正拉開門閂呢……」

「時間老人是誰呀？」迪迪問。

「是一個老先生，他會來叫那些準備好要出發的人……」另一個小孩說，「他人還可以，可是他不會聽任何人的。就算向他懇求，只要不是輪到你，他還是會把所有想離開的人都推回去……讓我走吧！現在可能輪到我了！」

這時候，光女士警戒的衝向我們的小小朋友們。

「我正在找你們！」她說，「快點跟我來，絕對不能讓時間老人發現你們！」

她一邊說，一邊用金色的斗篷裏住孩子們，把他們拉到大廳角落，他們躲在那裡可以看見所有事情，卻不會被發現。

迪迪很高興自己被保護得這麼好。現在他已經知道：即將出現的這個人擁有無比驚人的力量，人類是毫無能耐阻擋的。他既是神祇，也是殘暴的魔鬼；他賦予生命，也吞噬生命；他經過世界的速度非常快，快到你根本沒辦法看見他；他不斷吞食，一瞬也不停歇；他帶走所有碰到的事物。光是迪迪家，他就已經帶走了爺爺奶奶、小弟弟們、小妹妹們，還有他們的老黑鳥！他不太介意自己帶走了什麼：歡樂與憂愁、冬日和夏日，一切都是他的囊中物！

因為知道這一切，當我們的朋友看見未來王國裡的所有人，都為了想見到時間老人而衝得這麼快，實在是驚訝不已。

「我猜，他在這裡不會吞噬一切吧。」迪迪心想。

他來了！大門的門閂緩緩移動，遠方傳來微弱的音樂聲，是地球上的聲音。一道紅綠色的光芒射入大廳，時間老人出現在門邊。他是一位高高瘦瘦的老傢伙，布滿皺紋的臉灰撲撲的，跟塵土沒有兩樣。他的白鬍子長到膝蓋，一手拿著巨大的鐮刀，另一手拿著一只沙漏。他身後一段距離外的地方有一片黎明色的海洋，海上有一艘宏偉的金色帆船，正揚著白色的風帆。

「時間已經到的人，準備好了嗎？」時間老人問。聽見那個如銅鐘般肅穆深沉的聲音，幾千個聲音宛如銀鈴清脆的孩子們回答：

「我們在這裡！我們在這裡！我們在這裡呀……」

沒有多久，藍色的小孩就全部擠在高高的老人身旁。老人把他們都推了回去，用沙啞的聲音說：

「一次一個人！你們又來了，根本不需要這麼多人……你們騙不了

沒有多久，藍色小孩全都擠在高高的老人身旁。

我！」

老人一手揮舞鐮刀，一手舉著斗篷，擋住試著溜過身邊、躁動的小孩們。沒有一個小孩逃得過老人可怕、警戒的雙眼。

「還沒輪到你！」老人對一個小孩說，「你明天才會出生……你也還沒！你還要再等十年……第十三位牧羊人？只需要十二位，不需要更多了……更多醫生？醫生早就已經太多了，地球上的人常常抱怨啊……工程師們又在哪裡？他們要一個誠實的人，只要一個，只需要一個好人。」

這時候啊，有個似乎一直在猶豫的小孩吸著大拇指、羞怯的靠上前來。他看起來蒼白又悲傷，步伐也搖搖晃晃的。他可憐兮兮的模樣，就連時間老人好像也有點同情他。

「是你！」他高喊，「你看起來好像不怎麼樣。」

老人隨即抬眼望著天空，用洩氣的神情說：「你沒辦法再活多久了！」

同樣的活動持續進行。每個被拒絕的小孩都垂頭喪氣的回去繼續工作，每當有人被接受的時候，其他人就嫉妒的看著他。不過啊，三不五時還是會發生一些狀況，比如那個未來即將對抗不公的英雄就拒絕離開。他緊緊抓住玩伴們不放，於是他的玩伴們對時間老人大喊：「先生，他不想走！」

「不要啦，我才不想走呢！」小傢伙用最大的力氣喊著，「我寧願不要出生。」

「那樣想其實很正確啊！」迪迪心想，他的頭腦靈活，知道地球上的各種事情。

在地球上，即使根本沒有道理，你也總是會被揍一頓；做錯事的時候，處罰卻幾乎都會落在這個人無辜的朋友身上。

「如果是我，我才不想代替他哩，」我們的朋友對自己說，「我寧願去尋找青鳥！」

這時候，那位未來追求正義的小小鬥士啜泣著離開了，他被時間老人嚇壞了。

現場的狀況正好達到混亂的最高潮。一堆小孩在大廳裡跑來跑去：準備離開的小孩忙著打包他們的發明；繼續留下來的小孩則忙著提出各式各

樣的要求：

「你會寫信給我嗎？」

「他們說我們不能寫信回來耶！」

「噢，你試試看嘛，試著寫信回來嘛！」

「你要告訴大家我的想法喔！」

「珍珍再見……皮耶再見！」

「你有沒有漏掉任何東西呢？」

「不要忘掉你這些主意唷！」

「如果地球很棒，你要想辦法讓我們知道喔！」

「夠了！夠了！」時間老人大聲的吼著，他搖晃著大大的鑰匙和恐怖的鐮刀，「夠了！已經起錨了……」

這時候，小孩們紛紛爬上有著美麗白色絲質船帆的金色帆船。他們再次對被留下來的小小朋友們揮揮手。不過他們一看到遠方的土地，又開心的高喊：

「是地球欸！地球欸……我看見地球了！」

「那裡好亮喔！」
「地球好大唷！」
這時，傳來一首歌曲，這首歌彷彿從深淵裡升起，一首遙遠的快樂與期待之歌。
原本微笑聆聽的光女士看見迪迪臉上驚訝的神情，彎身對他解釋：
「這是母親們出來迎接孩子的歌。」光女士說。
沒想到在這個時候，已經闖上門的時間老人看見了我們的朋友。他憤怒的衝向他們，對他們揮舞手上的鐮刀。
「快點！」光女士說，「快點！迪迪，抱著青鳥，和小梅一起走在我前面。」
她把藏在斗篷下的一隻鳥兒藏在男孩懷裡，用雙手撐開她燦亮炫目的紗幔，往前奔跑，保護兩個孩子不受時間老人襲擊。
他們就這樣通過了好幾座綠松石與藍寶石廊台。真是美極了，可是這裡是未來王國，時間老人才是此地的主人，他們必須從他的盛怒下逃離。
小梅非常害怕，迪迪焦慮的不斷轉身去看光女士。

「別怕！」光女士說，「自從世界開啟以來，我就是時間老人唯一尊敬過的人。你只要好好照顧青鳥就好。牠真美！顏色好藍啊！」

這個想法讓男孩欣喜若狂。他感覺到這隻珍貴的寶貝在懷裡鼓動翅膀，他不敢用手去碰這隻美麗生物溫暖柔軟的羽毛，他的心臟怦怦跳。這次他真的抱著青鳥了！誰都不能碰牠，因為青鳥是光女士交給他的，現在他可以光榮踏上歸途了！

迪迪開心到根本不知道自己正往哪兒走。他腦袋裡敲響著快樂的鈴聲，感覺飄飄然，讓他志得意滿；可是這樣一來，他就沒有先前那麼冷靜，也沒有那麼專注了！當他們正準備跨出宮殿時，一陣強風吹進入口，揚起光女士的紗幔。最後這一刻，卻讓在後頭追趕這一行人的時間老人瞥見了這兩個小孩。時間老人憤怒的大吼一聲，把鐮刀劈向迪迪，讓迪迪叫出聲來。光女士阻擋了這一擊，宮殿大門在他們身後砰的一聲關上。他們得救了！可是哎呀，迪迪嚇了一跳，於是鬆開了手臂。現在，迪迪淚眼汪汪的望著那隻未來之鳥在他們頭頂翱翔，湛藍輕盈又透明的夢幻翅膀與青空混在一塊兒……不久，男孩就什麼也看不出來了……

6

光之宮殿

迪迪非常享受在未來王國的旅程。他看到許多美好的事物，有好幾千個小玩伴，最後還不費吹灰之力就用最神奇的方式，發現青鳥就在自己懷裡。他從來不曾見過比青鳥更美、更湛藍或更靈巧的生物，即使是這一刻，他依舊記得青鳥在自己胸前鼓動翅膀的感覺，他環抱雙手，彷彿青鳥還在這裡。

哎呀，青鳥就像夢那樣消逝了。

迪迪和光女士手牽手走著，一邊難過的想著自己是多麼失望。他們已經回到光之宮殿，正要到動物們和各種東西所待的拱頂房間去。然而，眼前的景象太令人震驚了！這群可憐蟲吃得、喝得飽飽的，全都醉倒在地板上！羅羅的尊嚴徹底掃地，他滾到桌子底下，像隻江豚似的睡得齁齁叫。但是他狗的本能還在，所以推門的聲音讓他豎起了耳朵。羅羅張開一隻眼睛，可是他喝了太多酒，視力變得模糊，就算小主人在他面前，他也不認得了。羅羅費了一番力氣讓自己站起來，轉了幾次身，接著就再度滿足的呼嚕一聲，倒在地板上。

麵包先生和其他人的狀況也一樣糟糕；貓咪是唯一的例外，她身形優美的蹲坐在一張大理石與黃金製成的長椅上，看起來依舊是清醒的模樣。貓咪靈巧的跳到地面上，微笑的走向迪迪：

「我一直盼望能見到你們呢，」貓咪說，「因為我實在受不了這些粗俗的傢伙了。他們先是喝光了所有的酒，接著又開始大吼大叫、唱歌跳舞、打架吵架，吵鬧得讓人受不了。後來他們終於醉倒睡著，我也總算覺得開心了一點。」

孩子們溫和的讚美她的好表現。事實上，這倒也算不上是她的優點，因為貓咪根本受不了比牛奶更強烈的食物和飲料；不過，反正在應當被讚美時，我們本來就不一定會受到讚美，有時候反而會在沒理由受到讚美時，卻被人稱讚啊。

蒂蒂愉快的親了親孩子們後，開口對光女士提出了一個要求：

「我真的過得好慘，」她哀號著，「讓我出去一下吧，我真的需要獨處一會兒。」

光女士毫不起疑，便同意貓咪外出。貓咪立刻裹好斗篷、戴妥帽子，把柔軟的灰色靴子拉到膝蓋下緣，接著她打開門，又是奔跑又是跳躍的躍進外面的森林裡。過一會兒，我們就會知道滿肚子心機的蒂蒂會這麼高興，究竟是要上哪裡去，也會知道她正在祕密盤算著何等恐怖的計畫。

話說前幾天，孩子們和光女士一起在鑲滿鑽石的大房間裡共進晚餐。僕人們微笑的四處穿梭，送上美味的餐點和蛋糕。

晚餐後，我們的兩位小小朋友開始打哈欠。在這麼多冒險後，他們很早就睏了。好心又體貼的光女士盡量讓他們像在地球上那樣生活，不希

貓咪立刻裹好斗篷、把門打開，然後躍進外面的森林裡。

望他們改變習慣而影響了健康。她在宮殿一處準備了他們的小床，對孩子們來說，那裡夠暗，跟夜晚沒有兩樣。

他們經過好多房間才抵達寢室，還得先穿過人類知曉的所有光芒，再行經那些人類還不知道的。

他們還看見由富麗堂皇的大理石所建造的巨大豪華住所，屋裡強烈的白光讓孩子們的眼睛都睜不開了。

「那是有錢人的光芒，」光女士對迪迪說，「你看見那種光有多危險了吧！在那種光線下生活太久，會有失明的危險，那種光線底下根本容不下柔和善良的光芒。」

光女士催促他們快點往前走，才能讓眼睛在窮苦人家溫和的光線下休息一會兒。在這裡，孩子們突然覺得自己彷彿回到了父母的小屋，小屋裡的一切都那麼謙遜平和。微弱的光線純淨清晰，不過看起來彷彿只需要吹一口氣，就隨時可能熄滅。

接著，他們又來到詩人美麗的光芒下。孩子們非常喜歡這種光，因為光線裡包含了彩虹所有的顏色；走過這種光芒下的時候，你會看見可愛的圖畫、可愛的花朵，與可愛的玩具，只是這些東西都是握不住的。孩子們開懷大笑，追逐鳥兒與蝴蝶，不過只要你碰到任何一件東西，它就會馬上消失無蹤。

「嗯，我從來沒有看過那種光耶！」迪迪氣喘吁吁的跑回光女士身邊說，「這件事最奇怪了，我真的不懂！」

「你之後就會懂了，」光女士回答，「如果你有辦法好好理解這件事，等你看到青鳥時，你就會是極少數能認出青鳥的人。」

離開詩人的區域後，我們的朋友們看見了知識之光，這個區域介於人類知曉與未曾知曉的光芒之間。

「我們繼續走吧，」迪迪說，「這裡好無聊喔。」

坦白說呀，迪迪覺得有點害怕，因為他們眼前出現了一長排冷峻又讓人充滿壓迫感的拱門，更別說天空中不斷出現刺目的閃電。每當閃電出現，你還會看見這個世界上還沒有被人命名的奇怪事物。

經過這些拱門後，他們眼前出現的是人類還不曉得，但存在這世上的光芒。雖然迪迪的眼皮沉重無比，還是忍不住欣賞了此地紫羅蘭色的柱子與散發著紅色光芒的廊台。不過，柱子的紫羅蘭色非常深沉，廊台的紅色光線又淡得不得了，其實都很難看個清楚。

最後，他們總算抵達了散發柔滑黑光的房間。人類之所以把這種光線稱為黑暗，是因為他們的眼睛還無法分辨這種光線。孩子們立刻就在這裡的兩張柔軟雲朵床鋪上深深的墜入夢鄉。

7

墓園

孩子們沒有出門遊歷時，就在光的國度玩耍。這對他們來說是一大享受，因為宮殿周圍的花園和林地，其實就與金銀搭蓋的廳堂一樣美好。

某些植物的葉片寬闊又堅韌，孩子們可以躺在這些葉子上；等一陣風兒襲來，擾動葉片，孩子們就像躺在吊床上似的搖搖晃晃，非常有趣。此地永遠是夏季，夜晚不會降臨；這裡用不同色彩來辨別時間，有粉紅色、白色、藍色、百合色、綠色和黃色的時辰，不同時辰迎來不同的色澤、花

朵、水果、鳥兒、蝴蝶與香氣，不斷的令迪迪和小梅感到驚奇。這讓他們擁有了自己所能企盼的每一樣玩具。等他們玩累了，就把身子攤在蜥蜴的背上。這些蜥蜴就像長長的小船一樣寬敞，牠們會快速跑過花園裡的小徑、跑過砂糖般細白美味的沙地。孩子們口渴時，水小姐就會把髮辮甩到巨大的花朵杯子中，讓孩子們直接從百合花、鬱金香或是牽牛花裡喝水。如果孩子們餓了，就採那些漂亮的水果吃，這些水果味道清爽，水果的汁液帶著陽光的氣息。

樹叢後還有一座白色的大理石池塘，這座池塘有一種特別的魔力——清澈的水源映照出來的不是你的臉龐，而是你的靈魂。

「這種發明也太荒謬了！」貓咪說，她堅持不靠近這座池塘。

親愛的小讀者們呀，你應該跟我一樣明白她的心思，所以一點也不驚訝她拒絕靠近池塘吧。而且你一定也明白我們忠實的羅羅不會害怕到池塘去喝水解渴，他無須害怕暴露自己的思緒，因為他是唯一一個靈魂從來未曾改變的生物。親愛的狗兒除了愛、好心腸與忠貞不二的心，哪裡還有什麼其他的想法呢。

迪迪彎身靠近魔法鏡子時，總是會看見一隻美妙的青鳥身影，因為迪迪滿心都是想要找到青鳥的念頭。他每次一看到水中的青鳥，都會跑去懇求光女士：

「告訴我青鳥在哪裡嘛！妳什麼都知道，拜託妳告訴我在哪裡可以找到牠！」

可是光女士總是神祕的回答：

「我什麼也不能告訴你，你必須自己找到牠。」光女士會親親迪迪說，「開心一點！每次試煉，你都離牠更近了！」

還有一天，光女士告訴迪迪：

「貝麗呂仙子捎了一封訊息給我，她說青鳥很可能躲在墓園……墓園裡有一位死者把青鳥藏在他的墳墓裡……」

「我們該怎麼做呢？」迪迪問。

「很簡單！你只要在午夜時分轉動鑽石，就會看到死者從地底下出現。」

聽到這段話，牛奶小姐、水小姐、麵包先生和糖果先生都嚇得牙齒打

顫，開始大喊又尖叫。

「別管他們。」光女士低聲對迪迪說，「他們很怕死者。」

「我才不怕！」火先生活蹦亂跳的說，「我以前焚燒過那些死者，那時候的日子要比現在有趣多了。」

「噢，我快要受不了了。」牛奶小姐哀號。

「我才不怕，」狗兒說，但是其實他的四肢都在發抖，「可是如果你們逃走，我也會跟你們一起逃走……我很樂意那樣做……」

貓咪坐在一旁，捻著自己的鬍鬚。

「這些事情我都知道。」她像往常一樣神祕的說。

「大家安靜，」光女士說，「仙子下了嚴格的規定。你們全都得跟我一起待在墓園的大門邊，孩子們只能自己進去。」

迪迪不開心的問：「妳不跟我們一起去嗎？」

「不，」光女士說，「時機還沒到，光還不能跟死者待在一起。不過你們不必害怕，我不會離你們太遠，而且愛我的人和我愛的人，永遠都有辦法找到我……」

她話都還沒說完，孩子們身邊的景象就改變了。美好的宮殿、絢麗的花朵、美輪美奐的花園都消失無蹤，眼前只看得見柔和月光下簡陋的小小鄉村墓園。孩子們附近有幾座墳墓、長滿雜草的土堆，還有木製的十字架和墓碑。迪迪和小梅害怕的抱在一起。

「我好怕！」小梅說。

「我從來沒有害怕過……」迪迪結結巴巴的說，他明明怕得渾身發抖，卻不想承認。

「嗯，」小梅問，「死掉的人會很邪惡嗎？」

「咦，不會吧，」迪迪說，「他們已經死了耶！」

「你有看過死人嗎？」

「有啊，很久以前看過一次吧，在我還很小的時候……」

「死人是什麼樣子啊？」

「滿白的，很僵硬也很冷，而且不會講話……」

「我們會見到死人嗎？」

這個問題讓迪迪很害怕，他試著在回答問題時不讓聲音顫抖，不過卻失敗了。

「嗯，當然啦，光女士已經說了！」

「死人在哪裡呀？」小梅問。

迪迪害怕的四處張望，其實孩子們被單獨留下來後，就不敢輕舉妄動了。

「死人在這裡呀，」他說，「就在草堆底下或是這些大石頭底下。」

「那些就是他們房子的門嗎？」小梅指著墓碑問。

「對。」

「天氣好的時候，他們會出來嗎？」

「他們只能晚上出來。」

「為什麼？」

「因為他們穿著睡衣。」

「下雨的時候，他們也會出來嗎？」

「下雨的時候他們就待在家裡。」

「他們的家舒服嗎？」

「聽說很擠。」

「他們家有小小孩嗎？」

「欸，那當然，他們有死掉的小孩啊。」

「那他們要吃什麼，才能活下去啊？」

迪迪在回答前停下來思考。身為小梅的大哥，他認為自己應該要知道所有的答案，可是小梅的問題常常讓他覺得很困惑。這時候，他想到：既然死人活在地底下，就不可能吃地面上的任何東西，於是迪迪非常肯定的回答：「他們吃樹根！」

小梅對這個答案很滿意，所以她又回到那個始終縈繞在她小小心靈裡的問題：

「我們會見到他們嗎？」她問。

「當然啦，」迪迪說，「只要我轉動鑽石，我們就會看到一切。」

「那他們會說什麼？」

迪迪開始覺得不耐煩了。

「他們什麼都不會說啦，他們又不聊天。」

「他們為什麼不聊天？」小梅問。

「因為他們沒什麼好說的啊。」迪迪說，他已經很生氣、很惱怒了。

「為什麼他們沒什麼好說的？」

這一次，小梅的大哥哥完全失去了耐性。他聳聳肩膀、推了小梅一下，憤怒的大吼：「妳好煩喔！」

小梅既不開心又很困惑。她吸著大拇指，決定再也不講話了，因為哥哥對她很壞！可是一陣風讓葉子沙沙作響，使孩子們突然想起自己的孤單與害怕。他們緊緊抱住彼此，為了不想被可怕的寂靜籠罩，又開始交談。

「你什麼時候才要轉動鑽石呀？」小梅問。

「妳也聽到了，光女士說要等到午夜才能轉動鑽石，因為那樣比較不會打擾到他們，那是他們出來呼吸新鮮空氣的時候……」

「現在還沒到午夜嗎？」

迪迪轉過身去看教堂的時鐘，幾乎擠不出力氣回答，因為時鐘的指針就要走到整點了。

「聽著，」迪迪結結巴巴的說，「聽著，時鐘就要響了……來了！妳聽見了嗎？」

分針走到十二了。

小梅快要嚇破膽了，她開始拚命跺腳，發出刺耳的尖叫聲。

「我要離開這裡啦！我不想待在這裡！」

迪迪雖然怕得全身僵硬，還是開口說：「現在不行……我要轉動鑽石嘍……」

「不要，不要，不要啦！」小梅喊著，「哥哥，我好怕！不要轉啦！我要離開這裡！」

迪迪試圖舉起手，卻徒勞無功，小梅用盡全身的力量拚命攀在他的手臂上，他根本就動不了。小梅還用最大的聲音尖叫：

「我不要看見死人啦！他們好恐怖！我做不到！我太害怕了！」

可憐的迪迪其實就跟小梅一樣害怕，可是每經歷一次試煉，他就變得更堅定、更有勇氣。他正在學習該如何管理自己的意志，任何事都無法阻擋他完成任務。第十一記鐘聲響了。

「時間就要到了！」他高喊，「就是現在！」

迪迪毅然決然的掙脫小梅的手臂，他轉動鑽石……

兩個可憐的小小孩聽見一陣恐怖的沉默。眼見十字架搖搖晃晃、土堆崩開、石板升起……

小梅把臉藏在迪迪的胸膛。

「他們要出來了！」她喊著，「他們出現了！他們出現了！」

這種痛苦遠遠超過勇敢的小傢伙能夠忍受的極限了。他閉上眼睛，把背靠在旁邊的樹上以免昏過去。他就這樣僵持了一分鐘，卻覺得彷彿已經過了一世紀。他一動也不敢動，也不敢呼吸……接著，他聽見鳥兒鳴唱，一陣溫暖的薰風拂過臉頰，還感覺到手上和脖子上柔和又芬芳的夏日陽光。這會兒，迪迪已經相當確信眼前這個令人難以置信的偉大奇蹟了。他張開眼睛，開心又幸福的大喊大叫起來。

在他們身旁，四面八方敞開的墳墓飄散著好幾千朵甜美的花朵。花朵到處飛舞，飄到小徑上、樹上和草葉上，花朵不斷往上飄，彷彿就要碰到天空了。是盛開的玫瑰，看得見花心，美好的金色花心發散著炙熱明亮的光，將迪迪包裹在夏日和煦的溫暖空氣裡。鳥兒圍繞著玫瑰歌唱，蜜蜂愉快的發出嗡嗡聲。

「我實在不敢相信！怎麼可能有這種事！」迪迪說，「那些墳墓和石頭十字架到哪裡去了呢？」

兩個小孩既目眩神迷，又驚嘆不已。他們手牽著手穿過墓園，先前的墓園此刻已經消失得無影無蹤，放眼望去盡是美好的庭園。他們實在是太高興了，與之前恐怖的驚嚇相比更是如此。孩子們原本以為醜陋的骷髏會從地面升起、會用猙獰的面目追著他們跑，他們以為會發生各式各樣嚇人的事，可是此刻卻發現自己聽說過的所有事情都不是真的，死亡壓根就不存在。他們看見根本就沒有什麼死人，生命只不過永永遠遠以新的形式延續下去而已。枯萎的玫瑰傳播花粉，讓其他玫瑰得以誕生；玫瑰撒落的花瓣使空氣變得芬芳；花朵從樹上掉落，就會出現果實；黯淡的、毛茸茸的毛毛蟲將會變成亮麗的蝴蝶。一切都不會消逝……只有無窮盡的變化啊……

美麗的鳥兒繞著迪迪和小梅打轉，當中沒有一隻是藍色的鳥，可是這兩個孩子的新發現讓他們充滿了喜悅，所以根本不會想要求更多。他們驚

奇又開心，一直不斷重複喊著：
「死人不存在耶！根本就沒有死人耶！」

8

森林

迪迪和小梅一爬上床，光女士就親親他們，隨即消失了。她不想打擾他們的睡眠，因為她美麗的身子隨時都在散發光芒。

大約午夜左右，本來正夢見小小的藍色小孩的迪迪，感覺到有人正用絲絨般的溫柔手掌來回撫摸他的臉。他大吃一驚，有點害怕的在床上坐了起來。還好，他很快就確認了：在黑暗中閃閃發光的，是他的朋友蒂蒂亮晶晶的眼睛。

「噓！」貓咪在迪迪耳邊說，「噓！別吵醒任何人。如果我們可以溜出去、不被人看見，今天晚上就能抓到青鳥了。噢，我親愛的主人，我可是冒著生命危險幫你設想了這個計畫，我們一定會成功！」

「可是，」男孩親了親蒂蒂說，「光女士一定很樂意幫我們的忙……而且我真的不想違背她所說的話……」

「如果你告訴她，」貓咪很不客氣的說，「相信我，一切就毀了。照我的話做，我們就會成功。」

她一邊這樣說，一邊趕快幫迪迪和小梅換好衣服。小梅聽見了他們的聲音，要求要陪他們一起去。

「妳不懂，」迪迪埋怨，「妳還太小了，根本不懂我們這是在做壞事……」

不過奸詐的貓咪回答了他所有的問題，她說迪迪到現在還沒有找到青鳥全都是光女士的錯，因為光女士不論走到哪裡，都讓周圍變得太亮了。只要讓孩子們獨自在黑暗中獵捕青鳥，一定很快就會找到讓人類幸福的每一隻青鳥。貓咪這位叛徒的說法如此高明，所以沒過多久，迪迪就認為不聽從光女士的話才是對的。蒂蒂講的每一句話都為迪迪接下來的行為找好了藉口，或讓他的行為顯得光明磊落。迪迪的意志力太薄弱了，沒辦法對抗貓咪的詭計，結果就這樣被說服了，還堅定又愉快的走出宮殿。可憐的小傢伙，要是他能預見等在眼前的可怕陷阱，該有多好！

我們的三個夥伴就在白色的月光下穿越田野。貓咪似乎很興奮，講話講個不停，而且走路的速度快到孩子們都快要跟不上了。

「這次啊，」貓咪宣布，「我很肯定我們一定會抓到青鳥！我已經問過最古老森林裡所有的樹木了，他們認識青鳥，因為牠就躲在那片森林中。而且，為了不漏掉任何人，我還派兔子去參加集會，也聯絡了鄉間所有的動物呢。」

過了一個小時，他們就來到黑暗森林的邊緣。這時候，他們在路上的轉彎處看見遠方有個人正急急忙忙往他們奔來。蒂蒂拱起背，因為她發覺那有可能是她的宿敵。她憤怒的發抖：他又要來破壞自己的計畫了嗎？他猜到她的祕密了嗎？他是打算在最後一刻出現，拯救孩子們的生命嗎？

蒂蒂把身子彎向迪迪，用最甜蜜的聲音輕聲說：「雖然很抱歉，但是我得告訴你，現在來的是我們忠實的狗兒朋友。這未免太可惜了，因為他會阻礙我們實踐目標，他跟所有人的關係都很差，就連跟樹也一樣。快叫他回去！」

「醜東西，快走開啦！」迪迪揮舞著拳頭對狗兒說。

我們親愛又忠心耿耿的老朋友羅羅是懷疑貓咪有詭計才來的，而迪迪無情的話讓他覺得很受傷。羅羅快哭了，不過因為他一路跑過來，還有點喘不過氣，所以不曉得自己該說些什麼。

「我叫你走開啦！」迪迪又說了一次，「我們這裡不需要你。夠了，你很討厭欸！」

狗兒天性順從，本來他聽到這種話一定會離開，只是他的情感告訴他眼前的事情很嚴重，於是他一動也不動的站在原地。

「你竟然容許他這麼不聽話？」貓咪低聲對迪迪說，「用棍子揍他。」

迪迪按照貓咪的建議揍了狗兒。

「可以了吧，這樣可以教你聽話一點！」他說。

可憐的狗兒被揍得哀哀叫，可是他的自我犧牲根本沒有極限。他勇敢的走向小主人，抱著小主人喊著：「你揍了我，所以我要親你！」

迪迪原本就是個心地善良的小傢伙，這下子，他不曉得該如何是好了，貓咪咬牙切齒，就像隻野獸。還好，這時候親愛的小梅代表我們的朋友介入了。

「不行不行，我要他留下來啦，」小梅懇求，「沒有羅羅待在身邊，我好害怕唷。」

時間緊迫，他們得快一點下結論才行。

「我會找到其他辦法趕走這個蠢蛋！」貓咪想著。她用最有禮的態度轉向狗兒說，「如果你願意加入我們，我們會非常開心！」

他們進入廣大的森林，孩子們緊緊挨在一起，貓咪和狗兒走在孩子們兩側。四周黑漆漆的，寂靜無聲，讓他們很害怕。當貓咪高呼他們已經到了的時候，孩子們才總算鬆了一口氣。

「我們到了！轉動鑽石！」

光映照在他們身旁，讓他們看見美妙的景象。原來他們此刻站在森林正中央一塊大大的圓形空地上，四面八方都是聳入天際的古老樹木。寬闊的大道在深綠的樹木問形成白色的星星形狀，四周既祥和又寧靜。可是枝葉間突然傳來奇怪的顫抖，只見樹枝就像人類的手臂般移動伸展，樹根拱土而出、聚在一起，變成腿和腳的形狀站在地上。空氣間迴盪著一聲巨響，原來是樹幹都爆開，釋放出每棵樹的靈魂。現在，每棵樹看起來都有點像滑稽的人。

有的樹靈魂緩緩從樹幹裡走出來，還有些從樹幹裡跳出來，所有樹木全都好奇的圍繞著我們的朋友們。

愛講話的白楊木開始像喜鵲般嘰嘰喳喳：「是小人兒耶！我們可以跟他們講話呀！我們已經沉默夠久了吧！他們是從哪裡來的啊？他們是誰呀？」

他就這樣一直喋喋不休的說個不停。

椴樹是個歡樂的胖傢伙，他很冷靜的走出來、抽著自己的菸斗；自負又花稍的栗子樹把一塊玻璃壓在眼睛上，盯著孩子們看。他穿著一件綠色的絲質外套，外套上繡著粉紅色和白色的花朵。他覺得這兩個小孩太醜了，嗤之以鼻的別開了臉。

「打從他搬到鎮上去住，就自以為很了不起！他看不起我們！」白楊木用譏諷的口吻說，其實他很嫉妒栗子樹。

「噢，天啊，我的天啊！」柳樹啜泣著，他是個不快樂、個頭矮小的傢伙，腳上汲著一雙太大的木鞋，喀噠喀噠的走過來，「他們要來砍掉我的頭和手臂生火了！」

迪迪簡直不敢相信自己的眼睛。他連珠炮似的詢問貓咪：「這是誰呀？那個又是誰呀？」

蒂蒂向他介紹每一棵樹的靈魂。

榆樹是一位講話上氣不接下氣、肚子圓滾滾、愛抱怨的地精；山毛櫸是位優雅又精力充沛的人；樺樹穿著輕飄飄的白色罩衫，舉止動作又很不安，看起來很像夜之宮殿的那些鬼魂。樅樹最高，迪迪覺得自己幾乎看不見位在他又瘦又高的身體最頂端的臉，不過他看起來溫柔又感傷，不像站得很靠近迪迪、一身全黑裝扮的柏樹，他真的讓迪迪嚇壞了。

不過到目前為止，還沒有發生什麼可怕的事。所有樹木都很高興自己可以說話，所以全都忙著聊天；當我們年幼的朋友正準備開口問青鳥躲在

哪裡時，周遭卻突然變得一片寂靜。樹木們一一恭敬的鞠躬，隨即站到一旁，讓路給一棵非常年邁的老樹，老樹穿著一件長袍，長袍上繡著青苔與地衣。老橡樹看不見，他一手拄著拐杖，另一手讓一株年輕的橡樹苗攙扶、擔任導引，他長長的白鬍鬚在風中飄盪著。

「是國王！」迪迪看見他的槲寄生皇冠時，自言自語的說，「我會請他告訴我這座森林的祕密。」

迪迪走向老樹，卻突然又驚又喜的停下了腳步，因為青鳥不就在他面前嗎？就停在老樹的肩膀上。

「青鳥在他那裡！」男孩開心的喊著，「快點！快點！把牠給我！」

「肅靜！閉上你的嘴巴！」樹木們說，他們都震驚得不得了。

「迪迪，脫帽！」貓咪說，「是橡樹！」

可憐的孩子立刻面帶微笑的遵從，他並不了解自己現在面臨的危險，所以當橡樹問他，他是不是樵夫的兒子時，迪迪毫不猶豫的回答：「是的，閣下！」

這時，憤怒得顫抖的橡樹開始對爸爸提出嚴厲的指控：

「光算算我的家人們吧……」他說，「你的爸爸就已經殺掉我六百個兒子、四百七十五個伯伯叔叔阿姨嬸嬸、一千兩百個表兄弟姊妹、三百八十個媳婦，還有一萬兩千個曾孫！」

他的怒氣當然使得他所說的話稍微誇張了一點，不過迪迪沒有抗議，只是非常有禮貌的說：

「先生，真的很不好意思打擾您……不過貓咪說您會告訴我們青鳥在哪裡。」

橡樹很老了，關於人類與動物的事他其實無所不知。蓄著長鬍子的他露出了微笑，他已經猜到這是貓咪所設下的陷阱，覺得非常高興，他一直以來都很想對人類復仇，因為他們奴役了整座森林。

「是為了貝麗呂仙子的小女兒，她病得很重。」男孩繼續說。

「夠了！」橡樹出聲制止他，「我沒有聽見動物們的聲音……他們在哪裡？這些事情對他們來說非常重要……我們樹木們不該為接下來必須採取的嚴厲措施獨自承擔責任。」

「他們來了！」樅樹說，他越過其他樹木的樹頂張望，「他們都跟著

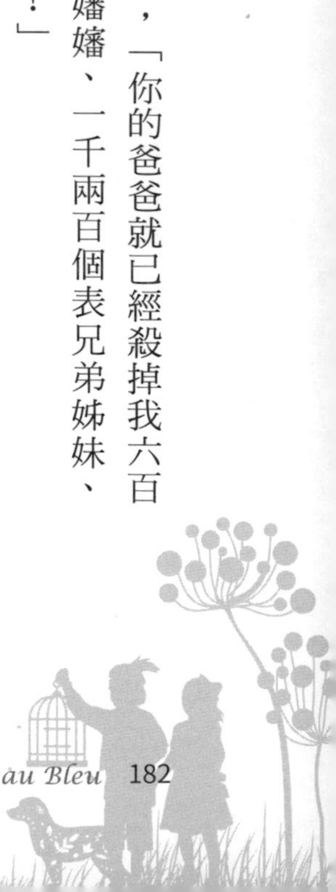

兔子……我看見馬兒的靈魂、公牛的靈魂、閹牛的靈魂、乳牛的靈魂，還有狼、羊、豬、山羊和熊的靈魂……」

現在，所有動物都抵達了。他們用後腿走路，穿的就跟人類一樣。他們肅穆的在群樹間排成一個圓圈，除了山羊和豬以外——輕浮的山羊沿著林間大道跳躍，豬則巴不得在那些剛剛離開土壤的樹根之間挖到一些美好的松露。

「大家都到了嗎？」橡樹問。

「母雞沒辦法拋下她的蛋過來，」兔子說，「野兔出去溜達了、雄鹿的鹿角和腳上的雞眼很痛、狐狸生病了，這是他的醫生證明……鵝不懂我們到底要做什麼、火雞剛好在大發雷霆所以……」

「你看！」迪迪輕聲對小梅說，「他們很好笑吧？看起來真像聖誕節的時候，有錢人家小孩放在窗台的高級玩具。」

尤其是兔子，真的讓他們忍不住大笑，他在大耳朵上戴著捲邊三角帽、身穿藍色刺繡外套，胸前還揹著鼓。

橡樹開始向樹兄弟們和動物們解釋目前的狀況。奸詐的蒂蒂喚醒了他們的恨意，是很聰明的做法。

「你們面前這個小孩啊，」橡樹說，「因為偷了大地力量賦予他的一個寶物，有能力奪走我們的青鳥，也搶走了我們打從生命起源以來就保有的祕密……現在，我們已經夠了解人類了，知道一旦人類知曉這個祕密，我們將遭遇何等命運……任何猶豫對我們來說都愚蠢又危險……這是非常嚴肅的時刻，我們必須在一切變得太遲以前，除掉這個小孩！」

「他在說什麼呀？」迪迪問，他不懂這棵老樹心裡到底在打什麼主意。

狗兒原本繞著橡樹打轉，此刻露出了他銳利的牙齒：

「看見我的牙齒了嗎，你這個老瘸子？」他咆哮著。

「他在侮辱橡樹！」山毛櫸不悅的說。

「趕走他！」橡樹憤怒的大吼，「他是叛徒！」

「我早就跟你說過了吧？」貓咪低聲對迪迪說，「我會把事情都安排好……可是你不能讓他待在這裡！」

「你可以離開了吧！」迪迪對狗兒說。

「讓我來處理這個痛風老乞丐的青苔拖鞋吧！」羅羅懇求。

迪迪試圖阻止羅羅，不過根本沒有用。羅羅明白小主人面臨的危險，因此憤怒得幾乎快要爆炸。要不是貓咪把常春藤叫來（常春藤之前始終跟他們保持距離），狗兒應該可以成功保護主人。狗兒就像瘋子一般，到處跳來跳去，還出言侮辱所有人。他出言挑釁常春藤：

「有膽就放馬過來啊，你這個老藤蔓渾球，就是在說你啦！」

旁觀者全都發出咆哮聲。橡樹眼見自己的權威被否定，氣得滿臉蒼白；樹木和動物們都很不高興，可是因為大家都很膽小，沒有人敢抗議；如果狗兒繼續抗爭下去，是足以把他們統統擺平的，不過迪迪嚴厲的威脅狗兒，結果羅羅突然臣服於自己溫馴的本能，在主人腳邊躺了下來。當我們沒有辨別能力，就端出最棒的美德時，便經常遭遇這種狀況——我們的美德被他人視為一種錯誤。

從這一刻起，孩子們就失去依靠了。常春藤綑住可憐的羅羅，讓他無法發言，然後帶到栗子樹後面，綁在栗子樹最大的樹根上。

「現在，」橡樹用雷鳴般的聲音大喊，「我們總算可以安靜的討論了……這是有史以來，我們首度得以審判人類！我們一直以來都遭受殘酷、不公不義的對待，因此我不認為對於該如何處置這個人類，我們還有任何疑問……」

每張喉嚨都發出同樣的吶喊：「死刑！死刑！死刑！」

可憐的孩子們一開始並不理解他們的末日已經迫在眉睫，樹木和動物們都習慣用自己特別的語言交談，而且音量很小；此外，無辜的孩子們根本想像不出此等殘酷的宣判！

「他們怎麼了？」男孩問，「他們不高興嗎？」

「別太擔心。」貓咪說，「因為春天遲到了，他們有點生氣……」

貓咪繼續在迪迪耳邊說話，讓他忽略眼前正在發生的事。

當這個相信他人的男孩聽著貓咪的謊言時，其他人在討論哪種處決方式最實際、最不危險。公牛建議用牛角刺臀部；山毛櫸願意提供最高的樹枝，吊死孩子們；常春藤已經在準備吊死孩子們用的套環了！樅樹願意提供木板，當作棺材；柏樹願意當墓碑。

「到目前為止，最簡單的方式啊……」柳樹低聲說，「其實就是把他們丟進我其中一條河流裡溺死。」

豬從齒縫間嘟囔著說：「依我看來，最好是吃掉這個小女孩……她的肉應該很嫩……」

「肅靜！」橡樹大吼，「我們該決定的，是誰有此等榮耀，可以為我們做出第一擊！」

「這等榮耀當然落在您身上啊，我們的國王！」樅樹說。

「哎呀，我太老了！」橡樹回答，「我失明了，腳步又不穩！這等榮耀還不如給你啊，我四季長青的兄弟，代我接受榮耀吧，使出決定性的一擊，釋放我們，讓我們自由！」

可是樅樹拒絕了這份榮耀，他說他能埋葬兩名被害者已經很開心了，不想引起其他樹木的嫉妒。他建議山毛櫸擔任這個角色，因為他的樹枝最強而有力。

「那是不可能的，」山毛櫸說，「你知道我早就被蟲蛀掉了，問問榆樹和柏樹吧！」

這時，榆樹開始呻吟，他說：前一天晚上，一隻鼴鼠害他的拇趾扭傷，現在他連站都站不直。柏樹說他真的沒辦法；白楊木也說自己不行，原因是他生病了，還因為發燒而全身發抖。橡樹忍不住大發雷霆：

「你們全都害怕人類！」他驚呼，「就連這些毫無防備，也沒帶武器的小小孩都讓你們恐懼！好吧，我將獨自承擔，即使我垂垂老矣、搖搖欲墜，雙眼還失明，我仍將抵抗吾等世襲的仇敵！他在哪裡？」

橡樹拄著拐杖，蹣跚的找尋方向，他走向迪迪，還不斷發出低吼。

我們可憐的小朋友在剛才那幾分鐘裡真的非常害怕。貓咪說她需要讓自己鎮定下來，於是她突然離開了迪迪身邊，就一直沒有再回來。小梅發著抖，緊緊挨在迪迪身旁；在這些恐怖的人身邊讓迪迪覺得非常孤單、非常不快樂，他慢慢留意到他們的憤怒了。他看見橡樹渾身散發威脅感並大步走向自己，迪迪抽出口袋裡的小刀，像個男子漢那樣奮力抵抗。

「那個拿著大棒子的老人，是想要除掉我嗎？」他喊道。

可是，一看見迪迪手上的刀子——樹木抵抗不了的人類武器，這些樹木全都恐懼得發抖，他們衝向橡樹，急著制止他。出現了一陣拉鋸，年老的國王啊，他不得不屈服於歲月的重量，最後只好拋下他的棒子：

「我們太丟臉了！」他大喊。「我們太丟臉了！讓動物們幫我們報仇吧！」

動物們就是在等這一刻！大家都想報仇！幸運的是：他們都熱切的想要復仇，結果大家搶來搶去，反而延後了兩個可愛小孩被殺掉的時間。

小梅發出刺耳的尖叫聲。

「別怕！」迪迪說，他竭盡全力想要保護妹妹，「我有刀子。」

「小傢伙想玩死亡遊戲呢！」公雞說。

「我要先吃那一個！」豬貪婪的看著小梅說。

「我對你們所有人做了什麼？」迪迪問。

「我的小人兒，什麼也沒有啊，」綿羊說，「你只不過吃掉我的小弟、我兩個姊妹、三個叔叔、我嬸嬸、我爺爺和我奶奶……等一下，再等一下，等你從我的喉嚨往下滑，就會看到我也是有牙齒的……」

於是綿羊和馬——他們膽子最小了，就等著小傢伙先被其他人撂倒，才敢接著分一杯羹。

在他們講話時，狼和熊奸詐的從背後攻擊迪迪，把他推倒了。這一刻實在太恐怖了，所有動物看見迪迪倒在地上，全都想要抓住他。男孩抬起一側的膝蓋，揮舞他的刀子。小梅發出絕望的大叫聲，不僅如此，周遭還突然變暗了。

迪迪瘋狂的呼叫求助：

「救命啊！救命啊！羅羅！羅羅！快來救我們！蒂蒂在哪裡啊？快來呀！快點來呀！」

貓咪的聲音出現在遠方，很有技巧的讓自己不被孩子們看到。

「我沒辦法過來！」她發出哀叫聲，「我受傷了！」

這段時間以來，勇敢的迪迪一直盡全力自我防衛，可是他現在必須獨力對抗所有人，覺得自己就要被殺掉了，所以他用很虛弱的聲音又呼叫了一次：

「救命啊！羅羅！羅羅！我已經撐不下去了！他們人太多了！有熊、豬，還有狼！還有樅樹！還有山毛櫸！羅羅！羅羅！羅羅！」

狗兒跌跌撞撞的趕來，一路拖著被他扯斷的藤蔓。他用手肘推開樹木和動物們，硬是擋在主人面前，怒氣沖沖的守護他：

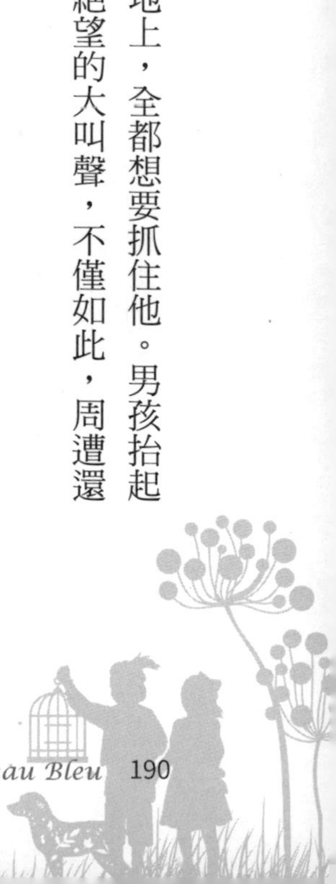

「嘿，我的小神明！不必害怕！讓他們好看！我可是很懂得該如何使用我的牙齒！」

樹木和動物們都大聲怒吼著：

「叛徒！蠢蛋！背叛者！你這個罪人！傻子！告密者！把他留給我們！他死定了！膽子夠大，就來跟我們拚命啊！」

狗兒繼續奮戰：

「別想！你們想得美！我可以自己對付你們所有人！你們別想！不可能的！我忠於神、忠於最棒、最偉大的存在！我的小主人，你要保重啊，熊來了！小心公牛啊！」

迪迪想要防衛，卻徒勞無功。

「羅羅，我完蛋了！榆樹抽了我一鞭！我的手流血了！」迪迪倒在地上，「不，我撐不下去了！」

「他們來了！」狗兒說，「我聽見其他人的聲音了！我們得救了！是光女士！得救了！我們得救了！看！他們怕了！他們在撤退！我們得救了，我的小國王！」

確實，光女士正往他們的方向前進；當她一出現，黎明就映現在森林上方，大地一片光明。

「怎麼了？發生了什麼事？」光女士問他們，她看見孩子們和親愛的羅羅身上滿是傷口和瘀青，著實嚇了一跳，「怎麼回事，我可憐的男孩，你不曉得發生了什麼事嗎？趕快轉動鑽石呀！」

迪迪趕緊按照光女士所說的話去做，樹木的靈魂立刻回到各自的樹幹裡，樹幹再度封閉。動物們的靈魂也消失了，現在，他們只看得見遠方有一隻乳牛和一頭綿羊安詳的吃草。森林再度變得無害，迪迪驚奇的四處張望。

「沒事了，」他說，「可是要不是狗兒在這裡……還有要是我身邊沒帶著刀，情況就不一樣了！」

光女士覺得他已經被懲罰夠了，便沒有責罵他。此外，她也因為迪迪遭遇了極度危險的狀況而感到難過不已。

迪迪、小梅和羅羅實在太高興能再度平安無事的見到彼此，他們互相熱烈的親吻，還大笑著數了數自己身上的傷口，所幸每個人的傷勢都不太

嚴重。

只有蒂蒂大驚小怪的抱怨著：

「狗兒折斷我的手掌了啦！」她喵喵叫的訴苦。

羅羅覺得自己終於可以回嗆她了：

「妳別介意喔！」他說，「那會留疤！」

「你別煩她啦，可以嗎，醜怪獸？」小梅說。

我們的朋友們結束了冒險，準備回到光之宮殿去休憩。迪迪懺悔著自己之前竟然不服從光女士，所以不敢提起他在這次冒險中瞥見了青鳥。光女士很溫柔的對孩子們說：「親愛的，希望這一次的教訓教會你們：在這個世界上，人類總是孤單的在對抗其他的一切呀！永遠別忘記這一點！」

9

道別

自從孩子們踏上旅程，已經過了好幾個月又好幾個星期的時間，離別的時刻也愈來愈近了。光女士近來一直很傷心，她沉浸在憂傷的情緒裡，數著離別的日子。她一句話也沒有跟動物和東西們說，所以他們都不曉得自己即將面臨何等不幸的威脅。

時間來到我們最後一次見到他們的這一天，所有動物和東西們，全都聚集在宮殿戶外的花園。光女士站在大理石陽台上望著他們，迪迪和小梅

在光女士身旁安睡著。過去這十二個月以來發生了許多事，可是動物們和東西們因為沒有智慧得以導引，所以都沒有長進。且情況恰恰相反，麵包先生吃了好多好多東西，多到已經沒有辦法走路了；牛奶小姐始終如一的照顧麵包先生，她總是用一張洗澡用的小椅子，拖著他到處走。火先生的壞脾氣讓他碰到誰，就跟誰吵架，因此他變得非常孤獨、非常不快樂；至於水小姐呢，因為她從來不曾擁有自己的意志，最後敗給了老是對她甜言蜜語的糖果先生，現在他們倆結婚了，只是糖果先生看起來慘兮兮的，這個可憐的傢伙已經淪為他舊有自我的影子，一天天明顯的縮水，而且一副傻瓜模樣……而水小姐嘛，在結婚以後，早就失去她最大的魅力——單純。貓咪倒是從頭到尾都是個騙子，而我們親愛的朋友羅羅，始終沒辦法克服他對貓的恨意。

「這些可憐的東西！」光女士嘆了一口氣，這樣想著，「他們從來不曾因為得到生命而學到什麼啊！他們出門旅行，卻沒辦法在我安詳的宮殿裡看見圍繞著他們的神奇事物；他們不是吵來吵去，就是暴飲暴食，吃到自己生病為止。他們太過愚昧，無法享受幸福，等他們總算第一次理解幸福，卻已經到了即將失去幸福的這一刻……」

這時候，一隻有著銀色翅膀的漂亮鴿子停在光女士的膝上。鴿子的脖子上掛著祖母綠的項圈，扣環上繫著一張紙條。鴿子是貝麗呂仙子的信差，光女士打開這封信，唸出信上這句話：「記得此年已逝。」

光女士站了起來，揮舞了一下魔杖，一切便從眼前消失無蹤。

幾秒鐘後，這群人聚集在一道高牆外，牆邊有一扇小門。破曉之初乍現的光芒沿著樹頂滑落。光女士慈愛無比的用手臂撐著熟睡的迪迪和小梅，現在他們醒了，兩個人揉揉眼睛，驚奇的四處張望。

「什麼？」光女士對迪迪說，「你不認得那道牆，還有那扇小門了嗎？」

男孩睡眼惺忪的搖搖頭，他什麼也不記得了呀。光女士開口提醒他：

「那道牆啊，」光女士說，「圍繞著一間屋子，我們就是在一年前的今天離開那間屋子的……」

「一年前？是嗎？那……」迪迪說著，開心的拍拍手，接著就跑向門邊，「現在我們一定快要見到媽媽了！我要馬上親她，馬上！」

可是光女士阻止了他。她說現在還太早，爸爸媽媽一定還在睡覺，迪迪不該嚇醒他們。

「還有，」光女士接著說，「要等到那個時刻到來，門才會打開。」

「什麼時刻呀？」男孩問。

「離別的時刻。」光女士悲傷的回答。

「什麼！」迪迪非常難過的說，「妳要離開我們嗎？」

「我必須離開，」光女士說，「一年已經過去了，仙子會回來，跟你要那隻青鳥。」

「可是我沒有得到青鳥啊！」迪迪喊道，「思念之國的青鳥變得很黑，未來王國的青鳥飛走了，夜之宮殿的青鳥死了，墓園的青鳥根本不是藍色的，而且我也抓不到森林裡的青鳥！仙子會不會生氣呀？她會說什麼呢？」

「親愛的，別擔心。」光女士說，「你已經盡力了。而且啊，雖然你沒有找到青鳥，這場冒險還是很值得，因為你展現了善意、勇氣和決心。」

光女士說這段話時，臉上洋溢著幸福，因為她明白——證明某個人值得找到青鳥，就跟真的找到青鳥同樣難能可貴；可是她不能說出這個道理，因為這是生命美麗的奧祕，必須由迪迪自己去體會才行。光女士轉向站在角落啜泣的動物們和東西們，叫他們過來親親孩子們。

麵包先生立刻把鳥籠放在迪迪腳邊，開始發表演說：

「以大家的名義發言，我懇求允許……」

「你不能以我的名義發言！」火先生大喊。

「維持秩序！」水小姐喊道。

「我們自己有舌頭可以發言！」火先生發出怒吼。

「說得對！說得對！」糖果先生尖叫著，他知道自己的末日將近，便不斷親吻水小姐，就在大家面前一點一滴的融化。

可憐的麵包先生努力想在吵鬧聲中讓大家聽見自己的聲音，卻徒勞無功。光女士不得不介入，要求大家保持肅靜。這時候，麵包先生傾吐了自己最後的話語：

「我要離開你們了，」他抽抽噎噎的說，「親愛的孩子們，我要離開你們了，你們再也沒辦法看見我活生生的模樣……你們的眼睛無法再看見東西隱形的生命，不過我永遠都會在，在麵包烤盤裡、在架子上、在桌上、在湯的身旁。我啊，如果我可以這樣說的話——是最忠實的夥伴，人類最古老的朋友……」

「欸，那我呢？」火先生生氣的大吼。

「肅靜！」光女士說，「時間正在流逝……快點跟孩子們說再見啊……」

火先生衝上前去，他輪流握住孩子們的手，然後狂暴的親吻孩子們，親到他們都因為痛楚而發出尖叫：

「噢！噢！他燙傷我了啦！」

「噢！噢！他把我的鼻子燒焦了！」

「讓我親親那個地方，幫你們治療。」水小姐溫柔的走向孩子們說。

這讓火先生有機可趁。

「小心啊！」火先生說，「你們會弄得溼答答的。」

「我會很溫柔、很慈愛的，」水小姐說，「我向來對人類很好……」

「那麼那些被你淹死的人，又該怎麼解釋呢？」火先生問。

可是水小姐假裝沒聽見。

「去愛那些水井、聆聽小溪的聲音，」她說，「我永遠都在。傍晚時分，如果你坐在泉水邊，試著去了解他們想對你說些什麼……」

這時候，她不得不停下來，因為水小姐的眼睛湧出噴泉般的淚水，使她的周圍開始淹水。不過，她還是繼續說：「看見水罐時，記得想想我……你們也會在水壺、貯水箱，還有水龍頭裡找到我……」

糖果先生一跛一跛的走上前來，因為他的腳幾乎沒辦法站了。他用充滿感情的聲音說了幾句悲傷的話，接著就停了下來，只說了哭哭啼啼實在不適合他。

「薄荷糖啦！」麵包先生喊著。

「糖梅！棒棒糖！焦糖！」火先生大聲吼著。

大家全都大笑了，除了兩個孩子以外，因為他們很傷心。

「蒂蒂和羅羅到哪裡去了？」我們的英雄問。

這時候，貓咪驚恐的衝上前來。她的毛髮都豎了起來，變得亂糟糟的，衣服也被扯破了。她把一條手帕抵在臉頰邊，看起來就像牙齒痛。貓咪發

水小姐的眼睛湧出噴泉般的淚水，她的周圍開始淹水了。

出了可怕的呻吟，狗兒緊追在後，咬她、揍她又踢她，讓她驚嚇不已。其他人趕緊衝過來擋在他們之間，想把他們分開，可是這對宿敵還是繼續攻擊彼此、瞪著彼此。貓咪指控狗兒扯她的尾巴、在她的食物裡放圖釘，還毆打她；狗兒只是不斷咆哮，否認自己做過這些事。

「這只不過是意思意思，」狗兒繼續說，「這些只是小意思而已，妳等著接受更多懲罰吧！」

不過狗兒突然停了下來，興奮的不斷喘氣，你可以看得出他的舌頭變得很白，因為光女士叫他再親孩子們最後一次。

「最後一次？」可憐的羅羅結結巴巴的說，「我們要離開這兩個可憐的孩子們了嗎？」

悲傷的感覺排山倒海般席捲了他，他簡直聽不懂光女士在說什麼了。

「是的，」光女士說，「你知道的那個時刻已經近在眼前……我們就要回歸寂靜了……」

狗兒突然理解了自己的不幸，他開始發出絕望的嚎叫、撲向孩子們，瘋狂又激動萬分的擁抱他們：

狗兒緊追在後，咬她、揍她又踢她，讓她驚嚇不已。

「不要！不要！」他喊道，「我拒絕！我拒絕！我要永遠都可以講話！我會很乖很乖，你們永遠都會把我留在身邊，我以後會學會讀書、寫字還有玩骨牌遊戲！我會永遠愛乾淨……而且也永遠不會再偷廚房裡的任何東西了……」

羅羅在兩個孩子面前跪了下來，一邊啜泣，一邊懇求。看到羅羅這樣，迪迪的眼裡滿溢著淚水，卻說不出話來。這時候，親愛的羅羅又浮現最後一個好主意：他跑向貓咪，咧著嘴對貓咪微笑，說要親她。蒂蒂才沒有羅羅那種自我犧牲的精神，她往後一跳，躲到小梅身邊。小梅天真無邪的說：「蒂蒂，只剩下妳還沒有親我們耶。」

貓咪裝腔作勢的說：「孩子們……你們有多可愛，我就愛你們到那種程度。」

大家都停頓下來。

「現在啊，」光女士說，「輪到我來送你們最後的親吻了……」

光女士說話時，用身上的薄紗裹住了他們，彷彿是最後一次讓他們籠罩在她神奇的光輝裡。接著，她各給了他們一個綿長又慈愛的親吻，迪迪

和小梅抱著她懇求：

「光女士，不要嘛，不要嘛！」他們喊著，「請留下來陪我們嘛！爸爸不會介意的……我們會告訴媽媽妳對我們有多好……妳要獨自到哪裡去？」

「我的孩子們，我不會走太遠，」光女士說，「只是到萬物寂靜之地去而已。」

「不行，不行，」迪迪說，「我才不會讓妳走……」

可是光女士用充滿母愛的動作，讓孩子們安靜了下來，還對他們說了一段終身都難以忘懷的話。很久很久以後，等他們接連成為爺爺和奶奶後，迪迪和小梅依舊記得這段話，並且將對他們的孫子們重複述說這段話。

光女士動人的話語是這樣的：

「聽著，迪迪。孩子，千萬要記得：你在這個世界見到的一切既沒有起點，也沒有終點。如果你一直將這個念頭珍藏在心底，讓它跟著你一同成長，那麼不論你置身何種場合，永遠都會知道自己該說什麼、該做什麼，又該企盼些什麼。」

我們的兩個小朋友開始啜泣，光女士又慈愛的繼續說：

「我親愛的小小孩，別哭啊……我沒有水的聲音，只有人類無法理解的光明智慧……可是我會一直照顧人類，到他們最後的時日也依舊如此……永遠別忘記：我在每一道暈染的月光下對你們說話；在每顆閃爍的星星下對你們說話；在每一回破曉、每一盞燈，還有你靈魂每一瞬善良光明的念頭升起時，對你說話……」

就在這一刻，小屋裡爺爺的時鐘敲響了八下。光女士暫停了一會兒，接著，她的聲音突然變微弱了。只聽得見她低聲說著：

「再見！再見！時鐘響了！再見嘍！」

她的薄紗消失了，她的笑容變得模模糊糊，她的眼睛閉了起來、形體也消失了……孩子們淚眼朦朧……他們什麼也看不見了，只剩下腳邊就快要消失不見的那道微弱的光……孩子們轉向其他人，可是大家都消失不見了……

10

甦醒

樵夫的小屋裡，爺爺的時鐘剛剛敲響八下。兩個小小孩迪迪和小梅，都還在他們的小床上熟睡。媽媽站在床邊看著孩子們，她手扠著腰、捲起圍裙，一邊笑著，一邊叨念著這兩個孩子：

「我可不能讓他們一直睡到中午啊，」她說，「來吧，趕快起床嘍，你們這兩隻小懶惰蟲！」

可是不論她如何搖晃、猛親他們，或者拉掉他們的棉被，好像都沒有用，他們一直躺回枕頭上，鼻子朝向天花板、嘴巴張得大大的、緊閉雙眼、臉頰紅通通。

最後啊，在肋骨被輕輕敲了一下以後，迪迪張開眼睛喃喃自語的說：

「什麼？光女士？妳在哪裡啊？不要，不要，別走嘛……」

「光！」媽媽大笑著說，「嗯，那當然啦，是光沒錯……天都亮了這麼久啦！你怎麼了呀？看起來好像還沒清醒耶……」

「媽咪！媽咪！」迪迪揉著眼睛說，「是妳欸！」

「喂，當然啦，是我啊！你幹麼那樣瞪著我看？我的鼻子上下顛倒過來了嗎？」

這時候，迪迪真的清醒了，他沒多花時間回答這個問題，因為他實在是太開心了！上次見到媽媽已經是好久好久以前的事了，所以他一直親她，親個沒完沒了，完全停不下來。

媽媽開始覺得有點不安，迪迪是怎麼了？她的孩子瘋了嗎？他忽然講起自己經歷了一場漫長的旅行，由仙子、水、牛奶、糖果、火、麵包，和光陪伴！他以為自己離開一年了！

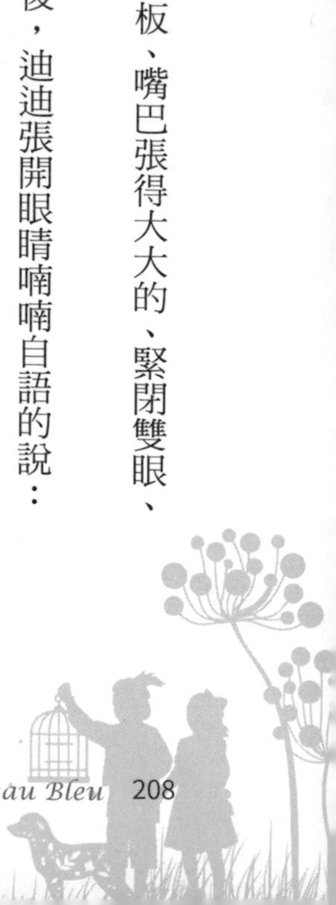

「可是你連房間都沒有離開啊！」媽媽喊著，此時此刻，她早已被嚇壞了，「我昨天晚上才看著你上床睡覺的，現在早上了！今天是聖誕節，你沒聽見村裡的鐘聲嗎？」

「今天當然是聖誕節啦，」迪迪固執的說，「我是一年前的聖誕夜離開的呀！妳沒有生我的氣嗎？妳很傷心嗎？爸爸有說什麼嗎？」

「來吧，你還沒醒，對吧！」媽媽試著安慰自己，「你還在做夢吧！快點起床，穿上你的褲子和小外套……」

「喂，我早就穿好襯衫啦！」迪迪說。

說著，他就跳了起來，跪在床邊開始穿衣服，媽媽則是一臉驚恐的看著他。

小男孩繼續滔滔不絕的說：

「如果妳不相信我，就問小梅嘛……噢，我們的冒險多神奇呀！我們見到了爺爺奶奶……對，就在思念之國……在我們冒險的半路上。他們死了，可是他們過得很好，對吧，小梅？」

這時候，小梅正好醒來，她加入哥哥，講起他們去拜訪爺爺奶奶的事，還有他們和小弟弟、小妹妹們玩得多麼開心。

媽媽受不了了，她跑到小屋門邊，用最大的聲音呼喊正在森林邊緣工作的先生：

「噢，糟糕，噢，糟糕！」她喊著，「我要失去他們了，就跟我失去其他孩子們一樣！快點回來啊！趕快呀！」

爸爸很快就回到屋子裡，手上還拎著斧頭；他聽著太太害怕的心聲，兩個孩子則又講了一次他們所經歷的冒險，還問爸爸這一年來都做了些什麼事。

「看吧，看吧！」媽媽哭著說，「他們已經瘋了，接下來一定會發生什麼不幸，快點去找醫生來啊……」

可是樵夫才不會為了這種事情大驚小怪。他親了親孩子們，平靜的點燃菸斗，宣布他們看起來好得很，沒什麼好緊張的。

這時傳來了敲門聲，鄰居走進屋裡，是一位個子嬌小、拄著拐杖的老婦人，長得跟貝麗呂仙子很像。孩子們立刻就抱住她的脖子，雀躍的在她身旁打轉，開懷的大喊：

「是貝麗呂仙子耶！」

鄰居有點重聽，所以她沒有注意孩子們在喊些什麼，只是對媽媽說：

「我是為了煮聖誕節燉菜來向你們借火的……今天早上好冷呀……早安啊，孩子們……」

這時候，迪迪其實已經比以前還要擅長思考了。能再見到老仙子，他確實很開心，可是等到她聽說迪迪沒有帶青鳥回來，又會怎麼說？他像個男子漢那樣下定決心、鼓起勇氣走向她：

「貝麗呂仙子，我找不到青鳥……」

「他說什麼？」鄰居驚訝的說。

這讓媽媽又皺起了眉頭。

「拜託，迪迪，你不認識貝林戈夫人嗎？」

「什麼，當然啦，我當然認識啊，」迪迪說，一邊上上下下打量著這位鄰居，「是貝麗呂仙子呀。」

「貝麗……啥？」鄰居問。

「貝麗呂，」迪迪平靜的回答。

「貝林戈，」鄰居說，「你是說貝林戈。」
鄰居的話讓迪迪有點困擾，他回答：
「貝麗呂或是貝林戈，隨您怎麼說，夫人，可是我知道自己在說什麼……」
爸爸開始覺得受夠了。
「我們別繼續下去了，」他說，「我要把他們打醒。」
「別這樣，」鄰居說，「不值得這麼做，那只是在做白日夢而已，他們一定是在月光下入睡……我病得很重的小女兒也常常那樣啊……」
媽媽暫時擱下了自己的焦慮，問起鄰居貝林戈夫人小女兒的健康狀況。
「她的狀況普普通通，」鄰居搖搖頭說，「她沒辦法下床……醫生說是神經系統的問題……不過我知道什麼東西可以治好她。她今天早上還跟我要呢，說是想當作聖誕禮物……」
她猶豫了一下，嘆了一口氣，接著看看迪迪，沮喪的說：
「我還能怎麼辦？那是她的願望啊……」

其他人一言不發、面面相覷，他們知道鄰居的話代表什麼意思。她的小女兒已經說了很多次，說只要迪迪把鴿子送她，她就會恢復健康……可是迪迪是那麼喜歡自己的鴿子，所以拒絕和鴿子分開……

「這樣啊，」媽媽對兒子說，「你不把你的鳥兒送給那個可憐的小東西嗎？她一直那麼那麼想擁有那隻鳥兒啊！」

「我的鳥兒！」迪迪喊著，他拍打著自己的額頭，彷彿剛才說了什麼荒謬的話似的，「我的鳥兒！」迪迪又重複了一次，「說得對，我都忘記牠了！還有鳥籠！小梅，妳有看到鳥籠嗎？就是之前麵包先生手上提的鳥籠呀……對，對，是同一個，就在那裡，就在那裡呀！」

迪迪簡直不敢相信自己的眼睛。他搬了一張椅子過來，把鳥兒放進籠子裡，然後開心的爬到椅子上說：

「當然啦，我會把鳥兒送給她，那當然嘍，我會的！」

這時，他停了下來，讚歎不已的說：

「哇，牠是藍色的耶！」迪迪說，「是我的鴿子，同一隻鴿子，可是牠在我離開家的時候變成藍色了！」

我們的英雄說著，並從椅子上跳了下來，開始愉快的蹦蹦跳跳，喊著：「那就是我們在找的青鳥呀！我們走了那麼那麼遠，原來牠從頭到尾都在這裡啊！……牠就在這裡，在家裡！噢，真是太棒了！小梅，妳看見鳥兒了嗎？光女士會怎麼說？哪，貝林戈夫人，快點把牠帶去給妳的小女兒吧……」

迪迪說話時，媽媽投入了丈夫的臂彎，哀號著：「你看見了嗎？你看見了嗎？他的病情又惡化了……他已經神智不清了……」

鄰居貝林戈夫人倒是笑容滿面，她拍著手、喃喃訴說著感謝。迪迪把鳥兒交給她時，她幾乎不敢相信自己的眼睛。她將男孩擁入懷中，喜悅又感激不已的啜泣著：

「你要把牠送我嗎？」她不斷重複說著，「你就這樣把牠送給我？直接送我？不要任何回報？我的老天，她會多開心呀！我要衝回去了，我要回去嘍！我會回來告訴你，她說了什麼……」

「對，對，趕快去吧，」迪迪說，「因為有些青鳥的顏色會變！」

鄰居貝林戈夫人跑了出去，迪迪關上了門。他轉過身來，看著小屋的

「這就是我們在找的青鳥呀！我們走了那麼那麼遠，原來牠從頭到尾都在這裡啊！」

牆壁、看著自己的四周，好像驚訝得不得了：

「爸爸媽媽，你們對屋子做了什麼事？」迪迪問，「這是以前的屋子，可是比以前漂亮多了。」

爸爸媽媽不可置信的望著彼此，小男孩繼續說：

「噢，那當然啦，所有東西都重新粉刷過了，看起來就像新的，每樣東西都乾淨又煥然一新……看看窗外的森林！多麼寬廣、多麼美麗啊！就連森林看起來都像是新的耶！我覺得好快樂呀，我真的好快樂！」

令人敬重的樵夫和他的太太實在不明白兒子到底發生了什麼事，可是你們呀，我親愛的小讀者們，你們一路跟隨迪迪和小梅穿越他們美麗的夢境，必定猜得到是什麼改變了我們年輕的英雄的所有觀點。

仙子在他夢裡送給他一件寶貝、拓展他的視野並不是毫無道理的。迪迪已經學會看見身旁事物的美，他通過了試煉、增長了勇氣。在找尋青鳥——將為仙子的小女兒帶來快樂的幸福之鳥——時，迪迪已經變得樂於助人又好心，因此光是讓別人開心的念頭，就足以讓迪迪的心充滿了喜樂。而且呀，旅行過無垠、美好的想像之地，使迪迪的心向生命敞開。

男孩是對的，他把所有事物的結果都想得比較美，真的使他身邊的一切都變得比從前美好許多。

於是迪迪繼續充滿喜悅的一一檢視小屋裡不同的角落。他彎身倚向麵包烤盤，對麵包們說了好話；他衝向在籃子裡睡覺的羅羅，恭喜他在森林裡完成一場厲害的戰鬥。

小梅也蹲下去輕輕撫摸蒂蒂，蒂蒂正在火爐邊打盹。小梅說：

「嘿，蒂蒂？我知道妳認得我，可是妳已經不會講話了耶。」

迪迪又把手放在額頭上說：

「哎呀！」他喊著，「鑽石消失了！是誰拿走我的小小綠色帽子？算了，反正我不要了！啊，火先生在這裡耶！先生早安！他又要劈哩啪啦的惹水小姐生氣了吧！」迪迪跑向水龍頭，把水龍頭打開，然後彎下身子，靠近水說，「水小姐，早安啊，早安！她說什麼？她還是會說話耶，只是我已經不像之前那樣能完全聽懂了……噢，我實在太快樂了！真是太快樂了！」

「我也是！我也是！」小梅喊著。

我們這兩位年輕的朋友牽著彼此的手，開始沿著廚房蹦蹦跳跳。

媽媽看見孩子們活力充沛的樣子，暫時鬆了一口氣。而且這時候的爸爸也平靜下來、變溫和了。他坐了下來，吃著麥片粥，大笑著說：

「妳瞧，他們是在表演開心的樣子啊！」他說。

當然嘍，這個可憐又親切的人並不明白，美好的夢教會他的兩個小小孩不要只是假裝開心，而是真的開心，因為這才是生命中最重要，也最困難的功課。

「我最喜歡光女士了，」迪迪對小梅說，他正踮腳站在窗邊，「妳可以看見她就在那裡唷，透過森林裡的樹木還是看得到。今晚，她會在油燈裡。天啊，噢，天啊，這一切多麼可愛呀，我好高興喔，真的好高興……」

他停下來傾聽，每個人都努力的傾聽。他們聽見笑聲還有歡樂的聲音，而且聲音離他們愈來愈近。

「是她的聲音！」迪迪喊著，「我來開門！」

事實上，是那個小女孩，還有她媽媽——鄰居貝林戈夫人。

「看看她，」貝林戈夫人簡直樂不可支的說，「她可以跑步了，她可以跳舞了，她什麼動作都可以做了！這真是奇蹟！她看到鳥兒時，就像那樣跳起來了……」

貝林戈夫人冒著跌倒、摔斷她彎彎的長鼻子的危險，用單腳輪流跳躍著。

孩子們拍起手來，大家都笑了。

小女孩就在這兒，穿著她白色的長睡袍、站在廚房正中央，為了自己生病這麼久還有辦法站起來感到微微吃驚。她露出微笑，把迪迪的鴿子按在心口上。

迪迪先看看這個孩子，又看著小梅說：

「妳不覺得她跟光女士很像嗎？」他問。

「她比光女士小很多。」小梅說。

「對呀，的確！」迪迪說，「可是她會長大啊！」

三個孩子試著在小鳥的嘴巴上放一點食物，父母們則開始覺得心裡輕鬆多了，所以看著他們的孩子們微笑。

迪迪容光煥發。我親愛的小小讀者們，我不會欺騙你，那隻鴿子的顏色其實一點也沒有改變，是喜悅與幸福讓鴿子在我們英雄的眼中長出華美、燦亮的藍色羽毛。不要緊！因為迪迪已經在不知情的狀況下，發現了光女士最大的祕密——只要你為他人付出，就會更靠近幸福一點。

不過啊，現在有一件事發生了。每個人都很興奮，孩子們發出尖叫，爸爸媽媽把手一鬆，衝到敞開的門邊……鳥兒突然逃走了！牠用最快的速度飛走了。

「我的鳥兒！我的鳥兒！」小女孩啜泣著說。

迪迪第一個跑向樓梯，接著，他得意洋洋的走了回來。

「沒關係喔！」他說，「不要哭！牠還在屋子裡，我們會把牠找回來的。」

他親了小女孩一下，小女孩早已帶著眼淚露出了微笑。

「你一定會抓到牠，對吧？」她問。

「相信我，」我們的朋友充滿自信的說，「我已經知道牠在哪裡了。」

現在啊，我的小小讀者們，你也知道青鳥在哪裡了吧。親愛的光女士沒有直接把答案告訴樵夫的孩子們，可是她教導他們善良、仁慈與慷慨，

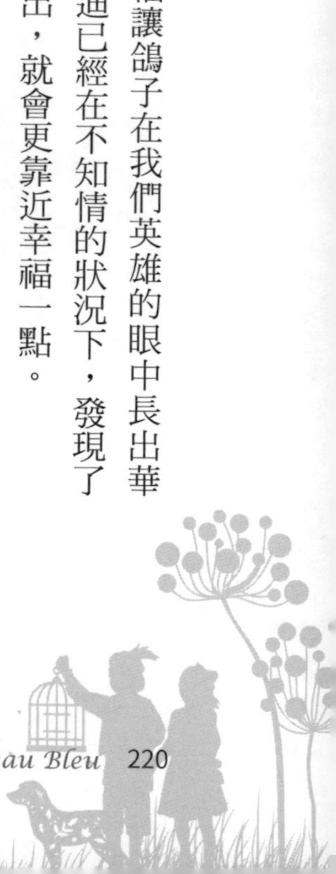

也藉此向他們指引了通往幸福的道路。

假如她在故事一開始就告訴他們：

「直接回家吧，青鳥就在那裡，在謙遜的小屋裡、在柳條編織的鳥籠裡，和親愛的、很愛你們的爸爸媽媽在一起。」

孩子們是絕對不會相信她的。

「什麼！」迪迪肯定會這樣回答，「青鳥就是我的鴿子？怎麼可能？我的鴿子是灰色的耶！幸福就在小屋裡？和爸爸媽媽在一起？噢，我說呀！家裡連玩具都沒有，無聊得不得了欸。我們想要去很遠的地方探險，親身經歷奇妙的冒險，體會各式各樣好玩的事……」

他一定會那樣說。他和小梅會不顧一切的出發，根本不會把光女士的建議聽進耳裡，因為無論再確切的真理，要不是親身試驗過，根本就沒有任何意義。要告訴一個孩子世界上所有的智慧只需要一丁點時間，可是我們整個人生都還不夠讓我們理解這些智慧，因為我們唯一的光亮啊，就只有自己的經驗呀。

我們都必須靠自己找到幸福、我們必須經歷無盡的痛苦，還有無數殘酷的失望，才能學會欣賞近在心上，那些簡單又完美的樂趣，而這樣啊，就是幸福。

（劇終）